KB237349

안녕
라자드

안녕 라자드

제1판 제1쇄   2011년 8월 19일
제1판 제5쇄   2026년 1월 14일

지은이   배봉기
펴낸이   이광호
펴낸곳   ㈜문학과지성사
등록번호   제1993-000098호
주소   04034 서울 마포구 잔다리로7길 18 (서교동 377-20)
전화   02) 338-7224
팩스   02) 323-4180(편집)   02) 338-7221(영업)
전자우편   moonji@moonji.com
홈페이지   www.moonji.com

ⓒ 배봉기, 2011. Printed in Seoul, Korea.

ISBN 978-89-320-2219-2

안녕 라자드

배봉기 소설집

문학과지성사
2011

차례

어둠 속의 아이

'그 아이'와의 만남을 어떻게 생각해야 할까.

머피의 법칙? 그러니까 우연히 닥친 불운의 연속? 그래서 결과적으로 그 어두운 골목길을 헤매다가 황폐한 공터에서 그 아이를 만나게 된 건가?

일단은 그렇게 말할 수 있을 것 같다. 그곳에 가는 길은 시작부터 뭔가 어긋나고 삐걱댔으니까. 아파트 단지 정문까지 가서야 핸드폰을 두고 나온 것을 알았다. 가방에서 꺼낼 때는 눈에 잘 띄는 책상 위에 놓았다. 잊지 않고 호주머니에 넣고 나갈 생각이었다. 그런데, 화장실에서 나온 뒤 그냥 현관문을 나서고 만 것이다.

'아, 짱 나!'

시계를 보았다. 물론 나는 이미 뒤돌아서 뛰고 있었다. 약속 시간에 늦더라도 핸드폰을 챙기지 않을 수는 없으니까.

'어머낫!'

허겁지겁 우리 동 입구로 들어서는데 저 앞에서 엘리베이터 문이 닫혀버렸다. 게다가 맨 위층까지 올라가는 것이 아닌가.

이런 식의 불운은 부랴사랴 지하철역 계단을 뛰어 내려갔더니 전동차의 문이 코앞에서 스르륵 닫혀버리는 식으로 이어졌다.

'얼어 죽어버려라, 머피의 법칙!'

나는 은영이에게 전화를 했다.

어, 응. 오고 있어?

은영이의 목소리가 피아노의 높은 '도' 음처럼 통통 튄다. 오늘 모의고사를 꽤나 잘 본 모양이다.

좀 늦을 것 같아. 짱 나는 일 연속이야.

내 목소리는 낮은 '도' 음이다. 영, 수 모두 망쳤다.

알았어. 기다리면 되지 뭐. 매장 입구 알지?

당근. 인터넷으로 확인했어.

우리가 만나기로 약속한 장소는 용산의 전자 상가고, 시간은 여섯 시 삼십 분이다.

모의고사 날인데도 수학 과외 시간이 오후로 잡혀버렸다. 우리 집에 와서 과외를 해주는 대학생 언니가 주말에 MT를 간다고 과외 날을 옮긴 것이다. 함께 나가려던 계획은 어긋나버렸다. 은영이는 미리 그쪽으로 나가서 영화를 한 편 본다고 했다. 우리가 사는 신도시에서 용산까지 가려면 좀 넉넉하게 한 시간 삼십 분은 잡아야 한다.

은영이와 나는 중학교 1학년 때부터 베프였다. 고등학교는 다르게 배정을 받았지만, 2학년이 되기까지 시간을 내서 자주 만나는 편이다. 오늘 전국의 고딩들이 보는 모의고사가 있었기 때문에 우리 모두 오전에 학교를 마쳤다. 그래서 원정 쇼핑을 하기로 며칠 전에 약속을 한 것이다. 벼르고 벼르던 쇼핑이다. 나는 PMP, 은영이는 게임기를 골라보기로 했다.

마침내 전동차가 와서 문이 열렸다. '역시나!' 타고 보니 빈자리가 하나도 없었다. 내 앞에서 탄 아주머니가 재빠른 걸음으로 가서 앉았는데, 그것이 마지막 빈자리였다. 휑하니 넓은 전동차 안에 멀뚱하게 서 있는 사람은 나 혼자뿐이었다.

하지만, 내게 닥친 머피의 법칙은 여기까지였다. 그다음에 발생한 일들은 그런 식으로 생각할 수 없을 것 같다. 지하철 출구를 잘못 찾고, 엉뚱한 골목길로 들어갔다가 마주친 낯선 상황. 내 실수로, 그러니까 내가 원인이 돼서 일어난 전혀 예상하지 못한 이상한 상황은 뭐라고 하나? 그걸 부르는 무슨 법칙 따위가 있나? 모르겠다.

따져보면 오전의 모의고사부터가 그렇다. 시험을 망친 사람은 난데, 그걸 우연히 찾아온 불운 같은 것으로 볼 수는 없다. 거기서부터 시작된 것 같다. 알면서도 틀리고, 틀림없다고 생각했는데 아니고, 감각적으로 찍었는데 빗나간 문제들 때문에 내 머릿속은 엉망으로 헝클어져 있었을 것이다. 그래서 전동차에서 내린 뒤 엉뚱한 출구로 나갔던 게 아닐까?

열린 전동차 문으로 떠밀리듯 내려 개찰구를 빠져나왔다. 퇴근

무렵이기 때문인지 지하철역 구내는 이리저리 휩쓸리는 사람들로 가득했다. 잠시 서서 출구를 찾는 중에도 사람들이 내 오른팔 왼팔을 툭, 툭 치고 지나갔다. 지하 공간 특유의 매캐한 냄새가 코를 찌르고 있었다. 허공에 매달려 있는 표지판에 적힌 출구 번호를 확인했다.

'1번 2번 3번 4번 5번……' 순간, 그 번호들이 오전의 모의고사 답안 번호들처럼 보였다. 숱한 망설임과 실망, 절망까지 품고 있는 그 번호들. 1번이라고 생각했는데 5번이고, 3번을 찍었는데 1번이고. 영어에는 나란히 네 문제나 2번이 답인 문제들도 있었고, 수학은 마지막 세 문제의 답이 4번이었다. 시험만 끝나면 감당하기 힘들게 몰려오는 짜증과 불만과 후회.

그런 생각들로 한순간 머릿속이 멍해졌다. 그래서였을까. 정신을 차린 뒤 분명 맞는 출구 번호라고 확인하고 계단을 올라갔는데, 그만 다른 출구로 나가고 만 것이다. 내 눈으로 출구 번호를 확인하고 내 발로 걸어 나갔으니, 이건 우연히 찾아온 불운 따위는 아니다.

계단을 올라간 나는 고개를 반 바퀴 정도 돌려 주위를 둘러보았다. 이상했다. '……○번 출구로 나오시면 역 광장이 보이고, 광장을 가로질러 가면 구름다리가……' 인터넷으로 검색한 정보는 이랬다. 그런데 고개를 몇 번이나 휘둘러봐도 광장으로 여겨지는 넓은 공간은 보이지 않았다. 앞뒤로 쭉 뻗은 차도로 자동차들이 질주하고 있을 뿐이었다. 대부분의 차가 헤드라이트를 켜고 있었다. 어느새 어둠이 몰려와 거리를 점령하고 있었다.

나는 지하철 출구 옆 네모기둥에 붙은 번호를 보았다. 3번. '이 번호가 맞을 텐데.' 그런데 다시 생각해보니 자신이 없다. '5번이었나?' 아니, 2번인 것도 같다.

은영이에게 전화했다. 신호는 가지만 받지 않는다. 주변이 시끄러워서 벨 소리를 못 듣고 있는 것 같다. 폴더를 닫았다.

몇 미터 앞에 어묵과 떡볶이 등을 파는 포장마차가 있었다. 다가가서 역 광장으로 가는 길을 물었다. 포장마차 아주머니가 손을 들어 내 뒤쪽 허공을 가리켰다.

"저쪽으로 나갔어야 되는데……"

내가 어리둥절한 표정으로 서 있는데 아주머니의 팔이 반 바퀴를 돌아 이제는 내 앞쪽을 가리켰다.

"이왕 이리 나왔으니 저기 저 앞 골목으로 들어가서 쭉 나가면 돼. 저기가 지름길이야."

내가 아주머니의 손끝을 열심히 쫓고 있는데, 중딩으로 보이는 남자 아이들 몇이 우르르 몰려들었다.

"저기 골목이요?"

"그래, 저 앞, 저 골목으로 들어가서 쭉 나가."

내 물음에 대답하기는 했지만, 아주머니는 석쇠의 고기 꼬치를 세어 아이들 손에 넘겨주느라 정신이 없었다. 허겁지겁 꼬치를 받아든 한 아이의 운동화가 내 구두코를 걷어찼다. 나는 뒷걸음질로 물러났다.

물러선 채 잠시 망설였다. 다시 지하철역으로 내려가서 출구를 찾아 나가는 방법. 그리고 아주머니가 지름길이라고 알려준 골목으로 가는 방법.

나는 아주머니가 알려준 지름길을 선택하고 걸음을 옮겼다. 이미 약속 시간에 늦었다. 그리고 온 길로 되돌아가고 싶지 않았다. 오른쪽으로 팔 차선 아스팔트를 끼고 아주머니가 손짓한 지점을 향해 걸었다. 먼지를 몰고 도로를 달려온 바람이 목덜미를 훑고 지나갔다. 싸늘했다.

하기는, 벌써 십일월 하순이다. 아! 수능이 채 일 년도 남지 않았다. 정말 등골이 써늘하다. 모의고사로 머리가 터질 듯이 시달린 오늘 같은 날만이라도 수능 생각 따위는 내팽개치고 싶다. 목이 아프게 머리를 흔들었다.

왼쪽에 골목길 입구가 나타났다.

'여긴가?'

골목 안쪽을 들여다보았다. 세 사람 정도 나란히 걸어가면 여유가 없을 정도로 좁은 골목길이다. 뒤를 돌아보았다. 포장마차는 보이는데 아이들에 가려 아주머니는 보이지 않았다. 저곳에서 아주머니가 손짓한 골목 입구가 아마 여기인 것 같다. 골목길로 접어들었다.

사십 미터 정도 걸어 들어갔을까. 골목길이 오른쪽으로 꺾였다. 쭉 나가면 된다는 아주머니의 말이 귓속에서 울렸다. 나는 주저 없이 꺾인 길을 따라서 들어갔다. 다시 삼십 미터 정도 걸어갔다.

'어?'

우뚝 멈췄다. 내 앞에서 길이 두 갈래로 갈라진 것이다. 이제 골목길은 T자 모양이 되었다. 골목으로 들어가서 쭉 나가면 된다고 했는데. 이건 뭔가 잘못된 것 같았다. 내가 큰길에서 골목 입구를 잘못 찾아 들어왔다는 생각이 들었다. 아주머니가 손짓한 골목길은 도로를 좀더 걸어가서 왼쪽으로 접어드는 모양이었다.

'여기서 찾아 나가려면 어디로 가야 하지?'

왔던 길로 되돌아가고 싶지 않았다. 길을 찾아 나갈 수 있다면 그 방향으로 가고 싶었다. 그러나 T자 골목의 머리 부분에 해당하는, 수평 형태의 오른쪽과 왼쪽 골목 모두 어두웠고, 길을 물어볼 가게도 없었다.

아니, 가게가 있기는 했다. 양쪽 골목 모두, 텅 빈 가게들이 있었다. 낙지볶음 집, 삼겹살 집, 치킨과 생맥주를 파는 호프집, 순대국밥 집, 김밥 집 등. 그리고 담배까지 파는 조그만 슈퍼. 하지만 모두 불이 꺼진 채였다. 출입문도 대부분 떨어져나가 안이 휑하게 들여다보였다. 불규칙한 형태로 깨진 유리창. 배를 허공으로 까뒤집고 있는 탁자, 다리가 부러진 의자들, 바닥과 구석에 어지럽게 널리고 쌓여 있는 쓰레기들.

기분이 으스스했다. 왠지 모르게 몸이 오스스 떨렸다. 아무래도 길을 찾아 나가기는 어렵겠다는 생각이 들었다. 할 수 없었다. 나는 왔던 길로 되짚어 나가기 위해 돌아섰다. 일 초라도 빨리 잘못 들어온 이 골목을 벗어나고 싶었다. T자의 아래쪽에 해당되는 골목을 반쯤 황급히 걸어 나왔을 때였다.

저 앞, 큰길에서 꺾어져 들어오는 골목 안으로 요란한 소리가 쏟아쪄 들어왔다. 발걸음 소리. 그것도 한두 사람이 아니라, 수많은 사람이 땅을 구르는 발걸음 소리였다. 큰길에서 왼쪽으로 접어드는 골목, 조금 전 내가 걸어 들어왔던 골목에서 사람들이 뛰어오는 것 같았다.

'?'

나는 걸음을 멈추고 골목이 꺾어지는 곳을 바라보았다. 점점 커지는 요란한 소리와 함께 우르르 '검은 옷'들이 나타났다. 세 줄을 맞춰 뛰어오는 그들은 검은 방패와 검은 진압봉(길고 검어서 보기에도 무섭게 생긴 이 몽둥이를 이렇게 부른다는 것을 나중에 알았다)을 든 경찰이었다. 그러니까 요란스런 발걸음 소리는 경찰 군화가 내는 소리였던 것이다.

'엄마야!'

나는 깜짝 놀라 몸을 돌렸다. 둑이 터져 물살이 쏟아지는 것 같은 기세로 몰려드는 그 행렬의 끝을 확인하기도 전이었다. 좁은 골목을 꽉 채우면서 뛰어오는 그들의 기세는 거친 파도처럼 사납게 느껴졌다. 손에 든 방패와 진압봉도 위압적이지만, 그들은 모두 검은 마스크를 쓰고 있어서 더 무섭게 보였다. 무서운 것도 그렇지만, 그 자리에 서 있다가는 달려오는 그들의 기세에 떠밀려 쓰러질 것만 같았다. 쓰러져도 항의 한마디 할 수 없을 것 같았다. 더 이상 생각하고 말 여유가 없었다.

나는 재빨리 되돌아서 T자의 아래와 머리가 만나는 지점까지 뛰어갔다. 그 지점에서 순간, 우뚝 멈췄다. 오른쪽과 왼쪽 골목, 어느 쪽으로 가야 좋을지 알 수 없었다. 뒤에서 뛰어오는 경찰들이 어디로 갈 작정인지 그걸 알 수만 있다면, 다른 골목으로 피해 있다가 돌아 나가면 된다. 하지만, 나는 당연히 그들의 방향을 짐작할 수 없었고, 더 이상 망설일 틈도 없었다.

나는 획 몸을 틀어서 오른쪽 길로 뛰어들었다. 뛰다 멈춰서 뒤를 돌아보았다. '으악!' 씩씩거리는 코뿔소처럼 달려오는 세 줄의 행렬이 내 뒤를 따라 오른쪽 골목으로 꺾어들고 있었다. '우다다다다—' 땅을 울리는 구둣발 소리가 요란했다.

머피의 법칙이 또 시작됐다! 우연한 불운과 내 실수, 그리고 이어지는 우연한 불운이 내 머리채를 휘어잡고 마구 흔드는 것 같다.

'이지수 너 정말 왜 이러는 거야!'

미칠 것 같았다. 내 머리칼이든지 뭐든지 마구 쥐어뜯고 싶은 기분이었다. 하지만 당장은 그런 기분을 느끼고 어쩌고 할 틈도 없었다. 뒤에서 검은 파도가 코뿔소처럼 쫓아오고 있으니까. 나는 내처 달려나갔다. 내가 앞서 도망가고 수많은 경찰이 내 뒤를 쫓아 달리는 꼴이 되었다. 달리면서 생각해도 이건 정말 어이가 없는 상황이었다.

오십 미터쯤 달렸을까. 길이 두 갈래가 되면서 오른쪽에서 불빛이 환하게 쏟아져 들어왔다. 내 앞 왼쪽 방향으로 계속 이어지는 골목은 여전히 좁고 어두웠다. 하지만 불빛이 환한 오른쪽 골목은 앞이 툭 트였고 꽤 넓은 길이었다. 그리고 그 골목에는 설핏 봐도 상당히 많은 사람이 모여 있었다. 쓱 훑어보니까, 사람들 머리 너머로 큰 도로가 보였고 퇴근 시간인 만큼 자동차들이 도로를 가득 메우고 있었다.

뛰던 걸음을 멈추고 숨을 골랐다. 무서운 느낌이 빠르게 사라졌다. 좁은 골목을 벗어나고 많은 사람을 만나서인 것 같았다. 나는 좀 여유를 갖고 내 뒤를 따라오던 검은 행렬을 보았다. 그들은 십 미터 정도의 거리를 두고 멈춰 서서, '하나, 둘! 하나, 둘!' 땅을 구르며 제자리걸음을 하고 있었다. 여전히 좁은 골목을 가득 메운 채였다.

그때 마이크 소리가 골목 안 불빛과 어둠을 갑자기 흔들었다.

"형제자매 여러분. 오늘 우리는 또 모였습니다. 이 추운 날씨에도 우리가 이 자리에 모인 것은 간절한 기도를……"

마이크 소리가 들려오는 곳으로 고개를 돌렸다. 비로소 넓은 골목 안 광경이 제대로 들어왔다. 이백 명도 넘을 것 같은 사람이 모여 있었다. 여러 줄로 길게 놓인 의자에 앉은 사람들, 그 의자들 양쪽에 선 사람들이 골목을 가득 메우고 있었다. 그리고 골목 저 끝, 그러니까 큰 도로와 만나는 어귀에는 무대 같은 것이 만들어져 있었다.

무대 위에는 흰 신부(神父) 옷을 입은 사람들이 세 명 서 있었고 그중 한 사람이 마이크를 들고 있었다.

기도에 이어서 노래가 울려 퍼졌다. "불의가 세상을 덮쳐도……" 나는 교회나 성당을 다니지 않지만, 골목을 가득 채우고 검은 하늘로 올라가는 노래가 성가라는 것은 알 수 있었다.

물론 그 노래가 성가든지 뭐든지 내 귀가 차분히 듣고 있을 상황은 아니었다. 재빨리 핸드폰을 꺼내 시간을 확인했다. 일곱 시 육 분. 이미 약속 시간에서 삼십 분 이상이 지난 상태였다. 그사이에 은영이가 두 번이나 전화를 했다. 통화 버튼을 눌렀다.

너 어디야? 어떻게 된 거야, 이 계집애야? 전화는 왜 안 받아?

'……어둠에 싸인 세상을……' 어둠을 휘젓고 하늘로 올라가는 성가 사이로 은영이의 목소리가 급하고 날카롭게 솟아올랐다.

그게 그러니까……

뭐라고 말을 잇기가 어렵다. 골목길로 들어선 다음 정신없이 닥친 일들을 어떻게 간단하게 정리할 수가 없다.

아, 답답해. 이지수 너 오늘 왜 이러는 건데? 지금 어디야?

은영이의 목소리에 짜증이 가득하다.

골목을 잘못 들어와서, 그래서 돌아 나오려는데, 경찰이, 검은 옷을 입고, 막 몰려왔거든.

뭐, 경찰?

화들짝 놀란 듯 은영이가 목소리를 높였다.

사람들이 길에서 기도를 하고 있어. 신부님도 있고.

은영이의 목소리가 다시 짜증 모드로 급전환이다.

이 계집애가 미쳤나. 횡설수설이네. 하여간 빨리 와. 용산 역 광장 찾아서 구름다리만 건너오면 돼.

알았어.

모르면 물어. 너답지 않게 오늘 왜 이리 헤매는 거야?

알았다니까!

나도 짜증이 확 밀려와서 버럭 소리 지르고 끊었다.

아무튼 빨리 이곳을 벗어나 역 광장을 찾아야 한다. 그런데, 내가 달려온 골목을 점령한 검은 옷들은 아예 바닥에 주저앉아 있다. 골목이 꽉 찬 상태다. 저 검은 옷들 사이를 헤치고 나갈 자신이 없다. 그리고 왔던 길로 다시 나가서 길을 묻고 싶지도 않다.

오른쪽의 큰 골목으로 해서 도로로 나가고 싶지만, 그것도 그렇다. 지금 사람들은 저 넓은 골목을 꽉 채우고 엄숙하게 미사를 드리는 중이다. 이 사람들을 헤치고 나가는 것도 만만한 일이 아닐 것 같다.

그리고 이런 상황에서 사람들을 헤치고 앞으로 걸어 나가면 마치 저기 무대로 올라가려는 의도에서 하는 행동으로 간주될 것 같다. 조금 전에 검은 소복을 입은 아주머니들과 아이 몇이 무대 위로 올라갔다. 내 또래 사내아이도 있었다. 내가 걸어나가면 사람들이 '저 애는 누구지?' 하면서 일제히 시선을 보낼 것이다. 내게 쏟아지는 시선을 상상만 해도 온몸에 오싹 소름이 돋는 느낌이다.

무대 위에 나란히 선 사람들 중 소복을 입은 아주머니가 마이크에 대고 말을 하고 있었다.

"……이제 목도 쉬고 눈물도 말라버린 것 같습니다. 겨울은 또 오는데 길바닥에서……"

아주머니는 목이 메어오는지 말을 끊었다. 골목을 메운 사람들 사이에서 박수 소리가 터져나왔다. 힘을 내라는 격려의 박수인 것 같았다. 하지만 내게는 그 박수 소리가 내 등을 마구 떠미는 손들로 느껴졌다. 빨리 약속 장소로 찾아가야 하니까.

이제 남은 길은 하나다. 내 앞에서 왼쪽으로 휘어지는 골목. 그 길로 나가면 큰길을 만날 수도 있을 것 같다. 거기서 길을 물어 찾아가면 된다. 나는 그 골목으로 방향을 잡았다.

골목길은 타원형의 곡선처럼 계속 왼쪽으로 휘어져 들어갔다. 나는 조급한 마음에 성급하게 걸어갔다. 띄엄띄엄 높이 매달린 가로등이 길을 비추고 있었지만, 골목은 어둡고 칙칙했다. 그 가로등을 빼고는 불빛이 없었던 것이다. 앞서 본 T자형 골목처럼 가게들은 휑하게 비어 있었다. 떨어져나간 출입문, 깨진 유리창, 뒤집혀지고 다리가 부러진 탁자와 의자 들, 바닥과 구석에 아무렇게나 널리고 쌓인 쓰레기.

그리고 한 가지가 더 있었다. 벽화. 벽에다 그린 그림이었다. 오른쪽으로 쭉 이어진 시멘트 담, 왼쪽의 비어 있는 가게들의 벽, 어디고 할 것 없이 벽화가 그려져 있었다. 벌겋게 타오르는 불길, 그 불길 속에서 몸부림치는 사람들, 벽을 따라 이어지는 사람들의 얼굴, 얼굴들. 한눈에 보기에도 무서운 고통을 호소하고 있는 얼굴들이었다.

벽화는 보기에 느낌이 좋지 않았다. 눈길을 주고 싶지 않았다. 하지만 양쪽 담과 벽을 따라 그려져 있으니 그냥 보게 됐다. 아무튼 불편하고 불쾌한 느낌이었다. 차가운 겨울바람이 목덜미를 파고들었다. 나는 몸을 부르르 떨고 점퍼 지퍼를 끌어올렸다.

지퍼를 목까지 끌어 올리면서 시선을 벽에서 떼어 허공으로 보냈다. 허공 저쪽 하늘 높이 솟은 타워형 아파트가 한눈에 들어왔다. 탑처럼 높게 솟아 있는 아파트들은 창마다 휘황하게 불빛을 내쏘고 있었다. 고개를 돌려보니 사방에 고층 아파트가 우뚝우뚝 솟아 있었다. 거대하고 찬란한 불빛의 아파트들과 내가 걷고 있는 이곳 어둡고 황폐한 골목. 서로가 너무 어울리지 않아 기괴한 느낌마저 들었다. 껍질을 벗기지 않은 소시지를 입안에 넣은 느낌인 채로 발길을 서둘렀다. 머뭇거릴 여유가 없었다.

삼십 미터쯤 걸어 들어갔을까.

크기는 교실 반 정도고 형태는 원처럼 둥그스름한 공터가 나왔다. 공터도 돌멩이와 시멘트 조각, 찢어진 신문지와 과자 봉지 같은 쓰레기로 어지러웠다. 공터 주변을 빙 둘러 가게들이 들어앉아 있었다. 골목길에서 본 것처럼 썰렁하게 비어 있는 가게들이 어둠을 품고 엎드려 있었다.

나는 공터 앞에서 발을 멈췄다. 물론, 전봇대에 높이 매달린 형광등 하나가 뿌옇게 비추고 있는 공터의 풍경 따위를 보기 위해서는 아니었다. 공터 저쪽에서 길이 두 갈래로 갈라지고 있었던 것이다. 두 길 안쪽은 점점 짙어지는 어둠에 잠겨버렸고, 어디로 통하는지 알 수 없었다.

'아, 정말 짱 나!'

또 황당한 상황이 된 것이다. 저 두 길 중 어디로 가야 큰길이 나올지 알 수 없었다. 정말 미치고 폴짝 뛰어버리고 싶다.

그때였다, 내가 '그 아이'를 본 것은!

이상한 일이었다. 공터에 들어서서 주위를 휘둘러보았을 때는 아무도 없었다. 그런데, 어느 사이에 그 아이가 나타나 있었다. 공터 안쪽에 있는 치킨 집의 무너진 벽돌 담 앞쪽에 한 아이가 서 있었던 것이다. 닭이 그려진 유리창의 날개 부분이 깨져나가서 아이의 머리 뒤로 몸통만 남은 닭이 희미하게 떠 있었다.

아주 작은 아이였다. 여섯 살이나 일곱 살. 아니, 그보다 더 적은 나이 같기도 했다. 아이는 하얀 옷을 입고 있었다. 원피스 형태의 잠옷과 같은 옷이었다.

나는 그 아이를 향해 걸어갔다. 이곳에 있는 아이라면 어느 길로 나가야 역 광장으로 통하는지 알 것 같았다. 아이는 가만히 선 채 걸어오는 나를 물끄러미 바라보고 있었다. 나는 공터 가운데쯤 가서 걸음을 멈췄다. 아이의 하얀 옷은 칙칙한 어둠이나 지저분한 주위와 비교돼서 더 하얗게 보이는 것 같았다. 그런데 그 옷은 겨울옷이라기보다는 여름옷처럼 얇고 가벼워 보였다.

조금 전 아이를 발견했을 때처럼, 다시 이상한 느낌이 들었다.

'저렇게 조그만 아이가 이 시간에 여기서 무얼 하지? 이 주변에는 사람 사는 집도 없는 것 같은데? 저건 완전히 여름옷이잖아.' 그런 생각들이 두서없이 떠올랐다.

나는 입을 열었다.

"너 누구니? 몇 살이야?"

아이는 내 얼굴을 가만히 바라볼 뿐 입을 열지 않았다. 나는 한 걸음 다가섰다. 아이가 한 걸음 뒤로 물러섰다. 마치 다가오지 말라는 것 같았다. 나는 발을 멈추고 다시 물었다.

“너 집이 어디야?”

역시 아이는 대답하지 않았다. 집을 잃은 아이 같지는 않았다. 그런 아이라면 놀라서 어쩔 줄을 모를 것이다. 나 같은 언니(누나인가? 그러고 보니 아이가 여자애인지 남자애인지 구분할 수가 없다)를 만나면 울면서 정신없이 매달릴 것이다. 저렇게 그저 가만히 서서 나를 물끄러미 바라보고만 있지는 않을 것이다.

때마침 불어온 바람에 아이의 얇은 옷이 무릎 아래에서 펄럭였다. 내 시선은 자연스럽게 아래로 흘러내렸다.

‘아!’ 아이는 맨발이었다.

‘이 추운 겨울에 맨발이라니! 이 아이는 도대체 누구지?’ 눈을 들어 아이의 얼굴을 자세히 보았다. 그러자 내 눈에 들어오는 것이 있었다. 눈물이었다. 아이의 뺨에 흐르고 있는 눈물이었다. 소리 내어 울고 있는 것은 아니었다. 마치 차가운 물병에 맺힌 이슬이 가만히 흘러내리는 것 같았다. 아이의 눈물은 조금 전까지는 보지 못했던 것이었다.

아이의 맨발과 얼굴을 본 나는, 자신도 모르게 주춤주춤 물러섰다. 온몸을 싸늘한 바람이 온몸을 휘감는 것 같고, 빨리 이 자리를 벗어나고만 싶었다. 빨리 몸을 돌려 이 어둠의 공간에서 저 불빛 밝은 도로로 뛰어가고 싶었다.

내가 물러나는 것을 보면서도 아이는 그 자리에 서 있었다.

나는 뒷걸음질을 치면서 불쑥 물었다.

"용산 역 광장으로 가려면 어디로 나가야 하니? 어디로 가야 해?"

어떻게 길을 물을 생각을 했는지 모르겠다. 당황했기 때문에 오히려 그런 말이 튀어나왔는지 모른다.

내 물음에 아이는 가만히 팔을 들어 올렸다. 그리고 고개를 조금 돌려 두 길 중 왼쪽 길을 가리켰다. 나는 아이의 작은 손이 가리켜 준 길로 허겁지겁 달려갔다. 마치 누가 내 뒷덜미를 잡아챌까 겁먹은 것처럼 힘껏 뛰었다.

몇십 미터 정도 달렸을까. 골목 끝이 환한 불빛으로 뚫리고 자동차 소리가 요란하게 쏟아져 들어왔다. 나는 내처 큰 도로까지 달려나가 멈췄다. 긴 숨을 몇 번 몰아쉰 뒤 고개를 돌려 내가 달려나온 골목을 바라보았다. 안쪽으로 가면서 좁아지는 골목은 깊숙한 동굴처럼 어둠 속으로 빨려들고 있었다.

물론 '그 아이'는 보이지 않았다.

*　　*　　*

'말도 안 돼!'

그날 이후, 지난 일주일 동안 내가 마음속으로 수없이 뱉었던 말이다. 내가 겪은 일은 정말 아무리 생각해도 말이 안 되는 거였다.

그 낯선 골목들, 온통 검은 느낌을 주던 경찰들과 미사를 올리던 사람들, 부서진 가게들과 폐허 같은 공터. 불쑥 나타난 하얀 여름옷의 아이. 가만히 서서 물끄러미 바라보던 그 아이.

마치 내가 어느 순간 컬트 영화 속으로 빨려 들어갔다 툭 튀어나온 기분이었다.

그날 우리 쇼핑 계획은 엉망이 되었다. 큰길의 편의점에서 물어본 다음에는 어렵지 않게 역 광장으로 가는 길을 찾을 수 있었다. 역 광장의 구름다리를 건너 전자 상가 입구에서 은영이를 만났다. 그러나 시간은 이미 우리의 약속에서 한 시간 가까이 지나 있었고, 은영이의 볼은 부을 대로 부어 있었다.

"야, 계집애야! 코앞에 두고 여길 못 찾아? 줄곧 서서 기다렸잖아! 전화도 안 받고! 너 도대체 어떻게 된 거야?"

내 얼굴을 보자마자 꾹꾹 누르고 누르던 화가 폭발한 것 같았다. 은영이는 나를 노려보면서 다다다다 쏘아댔다.

"어, 미안해. 그게, 그러니까 쫓기다가, 이상한 골목으로 잘못 들어가서……"

"뭐가 쫓아왔다는 거야? 이상한 골목? 그런데 어떻게 길을 찾아 나온 거야?"

"응, 그게, 그러니까……"

"이상한 아이가 서 있었거든. 하얗고 얇은 여름옷을 입은, 여섯이나 일곱 살쯤으로 보이는 아이. 맨발이었어. 그 아이가 나가는 길을 가르쳐주었지. 그래서 큰길로 나올 수 있었는데."

갑자기 목이 탁 막혔다. 더 이상 말을 할 수가 없었다. 내가 우물거리며 서 있자 은영이가 톡 쏘아붙이고 몸을 돌렸다.

"얘가 오늘 정말 왜 이래! 가자, 뭐라도 좀 먹게. 배고파 졸도 직전이다."

우리는 분식집을 찾아 들어가 김밥을 먹었다. 다른 때의 우리들 같으면 먹는 시간과 말하는 시간, 어느 쪽이 많은지 알 수가 없다. 하지만 우리 둘은 그냥 김밥을 우겨 넣고 어묵 국물을 홀쩍거리면서 말을 하지 않았다. 은영이는 은영이대로 점점 볼이 부어올랐고, 나는 나대로 입을 닫고 있었다. 한 시간 가까이 늦은 주제에 재재거리면서 변명을 해도 부족할 텐데, 내가 입을 닫고 있으니 은영이가 화를 내는 것도 당연했다. 하지만 나는 입이 굳어가는 것을 어쩔 수가 없었다.

전동차에서 내려 다른 출구로 나오고 포장마차 아주머니에게 길을 물었지만 골목길을 잘못 들어선 이후, 비현실적인 영화처럼 진행된 사건들. 그걸 은영이가 이해할 수 있게 이야기하는 것도 쉬운 일이 아니다. 그리고, 그보다 더 큰 문제. 나는 내 입이 굳어가는 진짜 이유를 점점 분명하게 느끼고 있었다.

'그 아이.'

'나는 그 아이를 공터의 어둠 속에 남겨두고 뛰어나왔어. 울고 있었는데 이유를 모르겠어. 묻지도 않았거든. 그냥 급하게 거기를 나와야 한다는 내 생각만 했어. 그 아이는 맨발이고 얇은 여름옷이었어. 너나 나는 겨울용 파카와 점퍼를 입고 있잖아.'

나는 그 아이에 대해 말할 수가 없었다.

결국 우리는 쇼핑을 포기하고 집으로 돌아오는 전동차를 탔다.

상가를 돌아다닐 기분도 아니었고, 김밥 집에서 나왔을 때는 시간도 아홉 시가 넘어버렸던 것이다.

'말도 안 돼.'

처음 내가 이 말을 마음속으로 중얼거린 것은 돌아오는 전동차 안에서였다. 우리는 나란히 앉기는 했지만, 한바탕 싸우기라도 한 듯 서로 반대쪽으로 고개를 돌려 열심히 창밖만 보았다. 전동차는 캄캄한 어둠이 숨이 막히게 들어찬 지하를 달리다가 땅 위로 나왔다. 시외로 빠져나온 것이다. 멀리 오글오글 모여 있는 불빛이 어둠을 가까스로 밀어내고 있는 것 같았다.

나는 창에 부옇게 떠올라 있는 내 얼굴을 보면서 다시 마음속으로 중얼거렸다.

'그래, 말도 안 돼!'

내가 겪은 일들, 그 비현실적인 영화 속 장면과 같은 일들이 한마디로 말도 안 된다는 생각이었다. 낯선 골목으로 들어가고, 떼로 몰려오는 검은 옷의 경찰들에게 쫓기고, 또 벽화가 그려진 괴상한 골목과 공터로 들어가고. 특히 그 아이는 정말 이상했다.

집을 잃은 아이라면 울면서 내게 매달렸을 것이다. 너무 당황하고 놀랐을 테니까. 또 집을 잃고 헤매는 아이라면 옷이 그렇게 깨끗할 수는 없을 것이다. 표정은 침착했고, 옷도 깨끗했다.

그때, 가슴 저 속에서 가만히 들려오는 목소리가 있었다.

'그 아이는 여름옷이었어. 게다가 맨발이었잖아. 울고 있었고.'

나는 내 다른 목소리에 대답했다.

'그래. 그래서 더 이상한 거야. 깨끗한 옷이고 계절도 안 맞는 데다 맨발이고. 그리고 이슬이 맺혀 흘러내리는 것처럼 눈물이 좀 흐르고는 있었지만, 소리 내어 울고 있는 것도 아니었어. 고요한 느낌을 주는 얼굴이었어. 아무튼 이상하고 믿을 수 없는 일이었어. 정말 말이 안 되는 상황이었다고!'

열한 시 삼십 분이 넘어 우리 아파트 단지가 있는 지하철역에 도착했다. 나는 내리기 전에 굳게 마음을 다졌다.

'오늘 일은 말이 안 되는 거야. 그러니까 잊어버려! 깨끗이 잊어버리고 내일부터 열공!'

정말 그럴 결심이었다. 엄마 아빠나 선생들 기타 주변 사람 누구나 이구동성으로 강조하듯이, 우리 인생을 판가름한다는 수능이 일 년도 남지 않은 것이다. 우리 귀에다 못을 박아대는 사람들 그 누구보다 우리 자신이 그걸 잘 알고 느끼고 있다. 거꾸로 물속에 처박힌 것처럼, 그래서 숨이 팍팍 막혀오는 것처럼, 온몸으로 스트레스를 받고 있는 것이다. 그런 판국이니 다른 일에 눈곱만큼도 신경을 쓰고 싶지 않은 것은 너무나 당연하다.

지하철역을 나서면서 나는 강하게 머리를 휘저으며 그날 일어난 일을 모두 잊어버리겠다고 결심했다. 집에 가서 뜨거운 물로 샤워를 하고 잠만 자고 나면 깨끗이 잊어버릴 수 있을 것 같았다.

그런데, 그런데, 정말 이상한 일이었다.

단지 안으로 걸어 들어와 중앙 분수대 앞에서 은영이와 헤어져 우리 집으로 걸어올 때부터 그랬다. 등 뒤가 이상하게 느껴졌다. 누군가 내 뒤를 가만히 따라오는 것 같은 느낌. 그래서 어떤 시선이 내 등에 붙어 있는 것 같은 느낌. 하지만, 그럴 때 흔히 느끼듯 무서운 기분은 아니었다.

내가 느끼는 그 시선은, 물끄러미 바라보던 '그 아이'의 시선이었다. 왜 그런지 설명할 수는 없지만, 그냥 그런 느낌이었다. 그 조그만 아이의 시선이 무서울 것은 없었다.

'이건 말도 안 되는 거야.'

하지만 우리 동으로 꺾어들면서, 그리고 엘리베이터 앞에서 또 한 번, 뒤를 돌아보게 되었다. 물론 뒤에는 아무도 없었다.

"뭘 사러 간다더니?"

현관문을 열어준 엄마는 내 빈손을 보고 말했다.

"마음에 드는 게 없었어."

"그러게 뭐 하러 거기까지 나가니. 시간 아깝게. 가까운 데도 전자 상가랑 있잖아."

"엄마, 나 피곤하거든!"

내 목소리에 평소와 다른 진한 짜증이 묻어나는 것을 눈치챈 엄마가 급히 말꼬리를 돌려 수습을 했다.

"알았다. 한번 바람 쐬면서 스트레스도 풀고 그래야지. 오늘은 씻고 일찍 자."

뜨거운 물로 평소보다 오래 샤워를 하고, 좀 일찍 잠자리에 들었다. 그날 하루 일어난 일을 모두 깨끗이 잊어버리고 싶었다. 잠만 푹 자고 나면 그럴 수 있을 것 같았다.

그러나, 불을 끄고 침대에 꽤 오래 누워 있어도 쉽게 잠이 오지 않았다. 이불 속으로 들어가기만 하면 곧 잠에 빠져들던 다른 때와 달리, 눈을 감고 있어도 머릿속은 오히려 하얀 종이처럼 맑아졌다. 그 종이 위로 오늘 본 풍경들, 사람들이 펼쳐졌다. 그리고 그 아이!

나는 흰 종이를 검은 잉크 통에 담가버리듯이, 눈을 질끈 감아 그 모습들을 지워냈다. 그러나 곧 감은 눈 속에 하얀 공간이 펼쳐지고 다시 그런 장면들이 나타나곤 했다.

생각해보면 그곳에서 본 풍경들과 사람들이 전혀 이해할 수 없는 것들은 아니다. 우리가 고딩이라 아무리 바쁘고 정신이 없다고는 해도, 오다가다 텔레비전이나 신문에서 보게 되는 뉴스가 있으니 까. 개발과 철거, 쫓겨나는 원주민들에 대한 뉴스들. 특히 오늘 내 가 갔던 곳에서 벌어진 사건은 한때 신문과 텔레비전을 채우다시피 했다. 지난 1학기 현대사 선생님도 상당히 긴 시간 그 사건에 대한 이야기를 했던 것 같다.

'⋯⋯한 나라의 수도에서, 수많은 사람이 지나다니는 큰 도로 옆 건물에서, 힘없는 사람들이 쫓기고 포위당하고, 마침내 불길에 휩싸 여 죽어가야만 하는, 이 처참한 현실이 너무나 안타깝고 슬프다.'

대강 이런 내용으로 말을 끝마치던 선생님의 비장한 표정도 떠오 른다. 수업 진도나 시험 출제와 상관이 없는 이야기로 판단한 아이 들이 상당히 지루해했던 기억도 함께 떠오른다. 아마 올해 초에 벌 어진 사건으로 기억한다.

'그 사건을 뭐라 했더라? 용산, 뭐라고 했던 것 같은데⋯⋯'

갑자기 궁금증이 치밀었다. 나는 발딱 일어나서 컴퓨터를 켜 검색을 했다. 그 사건은 '용산 참사'였다.

용산 4구역 철거 현장 화재 사건은 2009년 1월 20일 대한민국 서울특별시 용산구 한강로 2가에 위치한 남일당 건물 옥상에서 점거 농성을 벌이던 세입자와 전국철거민연합회(이하 전철연) 회원들, 경찰, 용역 직원들 간의 충돌이 벌어지는 가운데 발생한 화재로 인해 다수의 사상자가 발생한 사건이다. 이 사건으로 철거민 5명과 경찰특공대 1명이 사망하고 23명이 크고 작은 부상을 입었다. 주로 용산 참사라 불린다.

그러니까 올해 일월에 그곳 용산에서 불이 나고 사람들이 죽었다. 이제 분명히 알겠다. 골목에서 만난 경찰들과 미사를 드리는 사람들, 그리고 폐허가 된 가게들. 왜 지금까지 사람들이 그렇게 하고 있고, 그런 장면들이 벌어져 있는지.

내친김에 블로그나 카페에 들어가서 검색을 했고, 사건 동영상도 보았다. 거대한 크레인에 매달린 큰 상자 같은 것을 탄 경찰이, 건물 옥상의 옥탑방 같은 가건물을 공격하고 있었다. 순간, 옥상에서 불길이 치솟았다. 순식간에 옥탑방 같은 가건물이 불길에 휩싸였다. 검붉은 연기가 새벽하늘로 치솟았다. 그 불길과 연기를 뚫고 솟아오르는 절규와도 같은 외침.

"사람이 있어! 사람이 있어!"

사람들을 삼키면서 넘실대는 불길과 연기를 보고 있으니 가슴이 쿵, 쿵, 쿵 뛰었다. 내 얼굴로 그 뜨거운 열기가 덮쳐드는 것 같았다. 무서웠다. 서울 한복판에서, 사람들을 불길에 몰아넣는 장면이 벌어진 것이다!

나는 황급히 동영상에서 빠져나왔다. 마치 그 공터에서 도망쳐 나왔듯이.

이제 내가 본 벽화가 무엇을 뜻하는지도 알 수 있었다.

그리고, 검색에 따르면, 아직까지도 이 사건은 해결이 안 된 채였다. 그래서 사람들은 미사를 드리고 항의를 하고 있고, 경찰이 출동해서 감시하고 그런 것 같았다.

그건 알겠는데…… 그 아이……. 그 아이는 뭐지? 왜 그 아이가 거기에 서 있었지? 그 공터의 어둠 속에 서 있던 아이. 가만히 눈물을 흘리고 있던 하얀 옷의 아이. 눈을 감으면 더 또렷하게 떠오르는 그 아이.

그 아이는 이해가 안 된다.

나는 컴퓨터를 끄고 침대로 들어갔다.

'이지수, 잊어버려! 열 달이나 지난 일이야. 그리고 이건 네가 상관할 일이 아니잖아. 신경 끄고 공부나 제대로 해! 아무튼 오늘 일어난 일은 말도 안 되는 거야. 잊어버려!'

그렇게 침대에 누워 이불을 머리끝까지 뒤집어썼다.

이리저리 돌아눕고, 양을 천 마리도 넘게 세어봤지만 잠은 도통 찾아와주지 않았다. 대신에 하얗게 비워지는 머릿속으로 오래전에 찍은 사진들 같은 장면들이 하나씩 떠올랐다.

언덕길을 올라가서 마을버스의 종점이 있는 동네. 낮은 회색 지붕의 주택들. 강아지들이 뛰어다니던 골목길.

정지 화면과 같은 그런 장면들 뒤로 갑자기, 달리면서 찍은 화면처럼 흔들리는 장면들이 따라온다.

허공을 휘젓던 포클레인의 거대한 삽날. 무너지는 담벼락과 주저앉는 지붕들. 골목을 자욱하게 채우던 흙먼지들.

그 장면들은, 내가 일곱 살 때까지 살던 우리 동네의 모습이었다. 오래전 엄마가 한 말에 따르면, 우리는 내 일곱 살 생일을 이틀 앞두고 이 신도시의 아파트로 이사를 했다고 한다. 평소에는 예전에 살던 동네를 전혀 생각하지도 않았고, 거의 잊어버린 줄 알았는데 기억에 남아 있었던 모양이다.

그날 밤, 내가 잠들기 전 마지막으로 생각한 장면은 까망이의 모습이었다. 덩치가 작고 털빛이 시꺼먼 까망이는 우리가 좁은 마당에서 키웠던 잡종견의 이름이다. 신문을 잘 물어뜯어 아빠한테 많이 맞았는데, 이사하기 며칠 전 집을 나가 돌아오지 않았다.

이런저런 생각들 때문에 잠을 설치기는 했지만, 나는 그 일을 그렇게 심각하게 생각하지는 않았다. 아침에 잠이 깨고 나면 그냥 어제 일어난 특이한 일 정도로 정리되겠지, 아마 그런 식으로 생각했던 것 같다.

그런데, 아니었다. 다음 날에도, 그다음 날에도 그 풍경들과 사람들은 사라지지 않았다. 잊혀지지 않는 것이다. 자연스럽게 희미해져야 하는데, 더 뚜렷해지는 것 같았다. 그 골목들, 텅 빈 가게들, 검은 옷들, 타오르는 불길과 울부짖는 사람들의 벽화, 찬 바람만 부는 공터. 그리고 그 어둠 속에서 울고 있던 하얀 옷의 아이.

꼭 내가 그 아이를 춥고 어두운 곳에 버려두고 도망치고 만 것 같았다.

그리고 그 시선. 내 눈을 가만히 들여다보는 것 같은 그 아이의 시선.

수업 시간에는 교실 뒤 벽 앞에 서서 내 등을 물끄러미 바라보는 것 같았다. 그래서 문득 뒤를 돌아보게 만들었다. 학교를 오가는 길 어디에서도 그 시선이 나를 따라다니는 느낌이었다. 심지어 시끄러운 급식실에서도 나란히 앉아 밥을 먹는 아이들 등 뒤 저만치에서 그 아이가 내 머리꼭지를 바라보고 있는 것 같았다.

지난 일주일 동안 내 생활이 덜거덕대고 삐걱거린 것은 그 때문이다.

은영이하고의 관계부터가 그랬다. 우리 사이에 이렇게 싸늘한 냉전의 기류가 흐른 것은, 베프가 된 이후 처음이었다. 나는 수업 시간에도 멍하니 생각에 빠질 때가 많았고, 점심 급식 시간을 놓쳐 1학년 틈에 끼어서 밥을 먹기도 했다.

나랑 만나고 부딪치는 사람들은 무언가 좀 다르다는 느낌을 받았겠지만, 그런 느낌을 가장 강하게 받은 사람은 역시 엄마인 것 같았다.

"너 남자 친구 생겼니?"

며칠 전 늦은 밤이다. 영어 학원에 갔다 열두 시 가까이 되어 집에 들어갔다. 요구르트에 섞어서 간 마 주스를 가져온 엄마가 불쑥 물었다. 아침의 종합 비타민과 함께, 밤의 마 주스는 엄마가 꼭 챙기는 것이다.

"남자 친구는 무슨."

나는 주스를 받아들고 책상 앞에 털썩 앉았다.

"그런데, 왜 그래? 뭔가 너 나사가 하나 풀린 애 같애. 학교에서 무슨 일 있는 거야?"

엄마가 침대 귀퉁이에 앉으며 내 얼굴을 훑어보았다.

"아무 일 없어."

"아무 일 없는 애가 얼굴이 왜 그 모양이야. 잔뜩 구름이 끼었잖아."

"좀 피곤해서 그런가 봐. 신경 쓰지 마."

"얘는, 어떻게 신경을 안 쓰니. 하루하루 정신을 바짝 차려야 할 때 아니니. 무슨 일이 있으면 속 시원히 말이나 해야지 사람이 답답하지 않지."

나는 큰 머그잔으로 얼굴을 가리듯이 하면서 마 주스를 천천히 넘겼다. 엄마 말에 그런 식으로 대응하는 셈이었다.

'엄마에게 무어라 말을 한단 말이지?'

그날의 골목과 사람들, 어두운 공터와 그 아이.

'나도 이상하고 황당하게 느껴지는 일인데 엄마가 무얼, 어떻게 이해할 수 있어?'

괜히 걱정만 한 아름 안겨주는 거나 마찬가지다. 내가 아무 말 없이 마를 넘기기만 하자 엄마가 일어서며 말했다.

"천천히 먹어. 마는 부드럽지만 너무 급히 넘기면 체할 수 있어."

한숨을 쉬며 엄마가 일어설 때 내가 불쑥 입을 열었다. 조금 전까지도 그런 생각이 없었는데, 갑자기 궁금증이 치밀었다.

"엄마."

"왜?"

"우리 전에 살던 동네 말이야."

"그 동네는 왜?"

"거기 살던 사람들은 어디로 갔을까?"

의자에 다시 앉으면서 엄마가 어이가 없다는 표정으로 내 얼굴을 들여다보았다.

"생뚱맞게 그 동네 이야기는 왜?"

엄마가 어이없어 할 만했다. 아주 오래전부터, 그러니까 몇 년도 넘게 우리 가족은 전에 살던 곳 이야기를 화제로 올린 기억이 없으니까. 그런데, 며칠 전 밤에 전에 살던 동네를 떠올린 뒤로 자주 그 장면들이 떠오르곤 했다. 유치원을 같이 다니던 아이들 이름도 두 명 기억이 났다.

"그냥. 거기서 유치원까지 다녔잖아."

내 말에 엄마도 기억을 더듬는 얼굴이 되었다. 기억나는 아이들 이름은 소민이와 용주였다. 소민이는 슈퍼 집 반지하에서 살던 아이고, 용주는 우리 골목 끝에서 세탁소를 하는 집 아이였다. 세탁소 이름까지는 생각이 안 났다.

무슨 생각이 떠올랐는지 엄마가 한숨을 푹 쉬었다.

"지지난달인가, 예식장 갔다 오는 길에 버스 타고 그쪽으로 지나 왔는데, 쓱 보니까 어디가 어딘지 모르겠더라. 동네 뒷산까지 다 깎아내고 아파트들이 들어섰으니……"

"뒷산도 다 없어졌어?"

"그렇더라. 아무것도 없는 허허벌판이야. 동네 사람들도 다 여기 저기 흩어졌으니 어디로 가서 살고 있는지 모르지. 우리는 운이 좋아 여기 아파트로 들어온 거고. 마침 이 집을 구했으니 망정이지 험한 꼴 볼 뻔했다. 살림살이가 그대로 있는 집도 지붕부터 까 내렸으니까."

우리가 살던 집은 우리 소유여서 보상도 받았고, 마침 사업을 하는 외할아버지가 돈을 보태줘서 이곳 신도시 아파트로 이사 왔다는 말을 예전에 들은 기억이 났다.

"그때도, 철거할 때 사람들 막 데모하고 그랬어. 포클레인이 집 부순 것은 생각나는데 다른 것은 잘 모르겠어."

엄마가 다시 한숨을 쉬었다.

"왜 안 그랬겠냐. 자기 집 가진 사람도 그런 보상 받아서는 어디 살 집 못 구하지. 전세 살던 사람들이야 사정이 더 막막했지. 그런 싼값으로 서울 시내에서 어디 갈 데도 없었어. 그래서 소리 지르고 몸으로 막고 할 만한 짓은 다 해보고 그랬지. 그래봤자 기계로 밀어붙이는데 어디 당할 수가 있겠냐."

예전의 이야기를 꺼내서 그런지 엄마는 표정은 물론이고 말투마

저 달라진 것 같았다. 엄마의 말이 끝나자마자 한 장면이 떠올랐다. 용주네 세탁소를 부수던 장면이다. 평소 말이 없던 용주 아빠가 벌건 얼굴로 옷가지를 내던지며 포클레인 앞으로 달려들던 장면이다.

"그래서 죽거나 다친 사람은 없었어? 세탁소 집, 내 친구 용주네 집 말이야. 용주 아빠는 괜찮았어?"

"별일 없었을 거야. 천안 어디인가로 가서 산다더라."

"소민이는 어디로 간 거지?"

"소민이?"

"슈퍼 집 반지하에 살았잖아."

말을 하다 보니 더 생각이 났다. 소민이는 엄마랑 단둘이 살았던 아이였다. 엄마가 기억났다는 듯 고개를 끄덕였다.

"아. 그 집. 키 작은 그 애 엄마는 생각이 나네. 어디로 갔는지는 모르겠다. 뭐 어디로 가서 살고 있겠지."

내 물음에 꼬박꼬박 대답을 하던 엄마가 문득 정신을 차린 표정으로 내 얼굴을 찬찬히 들여다보았다.

"그런데, 애가 도대체 무슨 생각을 그렇게 하는 거니? 이미 지나간 일들을 네가 알아서 뭐 할 건데?"

다시 말투가 달라졌다. 엄마의 표현대로, '한눈도 팔아서는 안 되는' 고 3이 코앞인 딸을 앞에 두고 있다는 사실을 급히 깨달은 것 같았다.

"다 옛날 일이야. 그리고 이지수. 너 요즘 그런 쓸데없는 생각들 하면서 해이해진 거야? 그래?"

엄마의 추궁하는 말투에 짜증이 확 났다.

"엄마가 옛날이야기 더 많이 했잖아!"

"나야, 그냥 말이 나와서 그런 거고. 너는 뭐가 그렇게 궁금한데? 지금 와서 왜 그런 이야기를 꺼내?"

"그냥."

"그냥?"

"그냥, 그런 생각들이 떠올라서 그래."

"얘가 지금 아주 한가하지. 이번 모의고사도 죽을 쑤었다면서."

"알았어. 엄마 나가. 공부할 테니까."

엄마는 나가기 전 다짐하는 것을 잊지 않았다.

"지금 한 시간, 한 시간, 하루, 하루가 네 인생에 어떤 의미를 가지는지 잘 알지?"

"알아, 알았다고!"

나도 잘 알고 있다. 정말 하루하루, 아니 한 시간 한 시간이 아쉬운 때라는 것을. 이런 식으로 반쯤 넋이 나가서 보낼 때가 아니라는 것을.

그리고 너무나 답답하다. 왜 그날 일들을 잊어버리지 못하고 있는지. 왜 그 풍경은 자꾸 눈앞에 아른거리고, 그 아이의 시선이 등에 붙어서 다니는지 말이다.

어젯밤 은영이를 만난 것은, 그런 답답한 마음을 더 이상 참을 수가 없어서였다. 물론 마음속에 쌓여 있던 미안한 마음을 털어버리고 싶기도 했다. 우리 사이가 덜컥거리고 삐걱댄 책임은 전적으로 나한테 있다고 할 수 있으니까.

우리는 밤 열한 시가 넘은 시간에 단지 앞 24시간 편의점에서 만났다. 우리 둘 다 금요일 밤 과외가 있고, 비슷한 시간에 끝난다는 것을 잘 알고 있었다.

과외 시작 전에 문자메시지를 보내고, 내가 먼저 가서 기다렸다. 십 분 정도 기다리자 은영이가 샐쭉한 표정으로 나타났다. 출입문과 대각선 방향에 있는 창 앞에 앉아 있던 나는 캔 커피가 든 팔을 올렸다. 은영이가 내 앞으로 걸어왔다. 나는 올렸던 팔을 내려 긴 탁자 위에 캔 커피를 놓았다. 은영이가 내 옆에 앉았다.

"문자는 왜 했어?"

은영이는 내가 놓아준 캔 커피를 따면서 툭 던지듯 물었다. 말은 그렇게 하지만, 화가 나 있지는 않은 것 같았다. 내가 문자메시지를 보내고, 먼저 와서 기다리고, 캔 커피까지 앞에 놓아주니까 거의 풀렸을 것이다. 은영이는 꽁꽁 쌓아놓는 성격은 아니니까.

내 캔의 커피를 한 모금 마시고 입을 열었다.

"미안해. 화났었지?"

"그걸 아는 애가 연락도 안 하는 거니?"

"사실은 말이야. 나도 너무 혼란스러워서. 뭐라고 말하기가 그랬어."

은영이가 정면의 창밖을 보던 시선을 돌려 내 얼굴을 보았다.

"뭐가 말이야? 그날 무슨 일이 있었는데? 너 아무래도 이상했어."

나는 고개를 끄덕였다.

“그래서, 그날 이야기를 하려고. 너한테 하고 싶어서.”

은영이가 크게 고개를 끄덕였다.

“해봐.”

나는 남은 커피를 한 모금 마신 다음 입을 열었다.

“사실은 말이야. 그날……”

나는 그날 내가 겪은 일들, 본 풍경과 만난 사람들에 대해 이야기하기 시작했다. 가능하면 은영이가 내 기분과 느낌을 최대한 느낄 수 있도록 신경을 써서 이야기했다.

몰려오는 경찰에게 쫓기듯이 하다가 미사를 드리는 광경과 마주친 부분까지 이야기하자 은영이가 내 말을 끊고 들어왔다.

“애. 그런데 그것, 접때 일어난 용산 뭔가, 그 사건 때문에 그런 것 아니니?”

“맞아. 용산 참사야. 살던 곳에서 쫓겨나는 사람들, 그런 사람들을 철거민이라고 해. 그 철거민들과 그들을 도우려는 사람들이 남일당이라는 오 층 건물로 올라갔어. 그곳을 포위한 경찰이 하루 만에 진압 작전을 펼쳤지. 건물 옥상이 불길에 휩싸여 사람들이 여섯이나 죽고 많이 다쳤어.”

나는 인터넷에서 본 자료들을 간단하게 요약했다. 은영이가 내 말을 받았다.

“한때 뉴스에도 많이 나오고 시끄러웠던 것 같은데. 그 사건 얼마나 됐더라?”

“올해 일월 이십 일에 벌어진 사건이야. 열 달 정도 된 거지.”

"그 사건 아직도 해결이 안 됐나 보네? 그래서 사람들이 데모하고 경찰이 출동하고 그런 것 아냐? 신부님들 미사 드리는 것도 그렇고."

"응, 해결 안 된 상태야."

"그런 상황에 휩쓸려서 길을 잃고 헤맸다 이거 아니니. 그럼, 그때 어떻게 돼서 늦었다고 말하지. 왜 말도 제대로 안 하고 그렇게 불어터져 있었는데?"

"그거야, 너무 당황하고, 정신도 없고……"

"너도 알고 있었던 일이잖아. 뭐가 그렇게 당황하고 정신이 없어?"

"뉴스로 알고는 있었지만…… 몰려오는 경찰한테 쫓기고, 갑자기 그 미사를 올리는 사람들하고 부딪쳤다고 생각해봐. 그냥 뉴스로 아는 것하고 직접 겪는 것이 같겠니."

은영이가 고개를 끄덕여 내 말에 공감을 표시했다.

"그렇기는 하겠다. 구경하는 거랑 자신이 겪는 것은 아주 다를 테니까."

나는 다시 커피를 한 모금 마시고 입을 열었다.

"그것뿐이 아니야."

그 아이에 대해 말하기로 한 것이다. 이 답답한 마음을 풀어내려면 그 아이에 대해 말해야 한다는 생각이었다.

은영이가 눈을 동그랗게 떴다.

"그것뿐이 아니라고?"

나는 이야기를 이었다.

“그래. 거기서 큰길을 찾으려고 다른 골목으로 들어갔거든. 그런데 사람은 아무도 없고 이상한 벽화만 양쪽 벽에 울긋불긋한 거야. 정말 무서웠어. 걸어 들어가니까 공터가 나왔는데, 거기서 한 아이를 만났어. 이상한 아이였어. 아직 초등학교도 안 다니는 것 같았는데, 무섭지도 않은지 그런 어둡고 텅 비어 있는 공터에 가만 서 있는 거야. 추운 겨울인데 얇고 하얀 옷을 입고 말이야. 말도 안 했어. 그런데 내가 길을 물으니까 손짓을 해주는 거야. 그 아이가 길을 알려줘서 큰길로 나올 수 있었어.”

말을 멈추고 남은 커피를 마저 마셨다. 눈을 동그랗게 뜨고 내 얼굴을 보던 은영이가 나를 따라서 커피를 마셨다.

“뭐 그런 일이 다 있니. 정말 황당했겠다. 그런데, 그 애는 정말 이상한 애네.”

“그래, 정말 이상한 느낌을 주는 애였어.”

“하얀 옷을 입고 있었다고 했지. 아무튼 기분이 묘했겠다.”

“그래. 나도 꼭 이상한 영화 속에 들어갔다 나온 느낌이었어. 너한테 설명하기가 쉽지 않았어. 니가 화가 나 있기도 했고.”

“야, 그럼 한 시간도 더 기다렸는데 화가 안 나니.”

“아무튼 미안해.”

“됐어. 지나간 일인데 뭐. 그런데 그날 일은 그렇다 치고, 왜 그걸 가지고 지금까지 이러는 거니? 네 기분이 계속 아니었잖아. 네 성격이 좀 까칠한 구석이 있기는 하지만, 이건 너무 예민하게 구는 것 아니니?”

"그게, 그러니까……"

나는 은영이에게 지난 며칠 동안의 내 마음 상태를 이야기했다. 자꾸만 그날의 풍경들, 사람들이 눈앞에 어른거린다는 것을. 그리고 가만히 서서 나를 물끄러미 바라보던 그 아이의 시선이 어디서건 내 몸에 붙어 다니는 느낌이라는 것을.

"야, 무서워! 그 애 무슨 유령 같은 것 아니니?"

은영이가 어깨를 움츠리며 떠는 시늉을 했다.

"무섭지는 않아. 그냥 자꾸 신경이 쓰일 뿐이야. 유령은 무슨 유령. 그런 느낌 아니야."

사실이었다. 단순히 신경이 쓰이는 느낌이라고 할 수는 없지만, 무섭다는 느낌은 없었다.

은영이가 어깨를 펴며 픽 웃었다.

"농담이야. 그런 유령 같은 것이 어디 있니. 만화책이나 여름방학용 영화 따위에나 있는 것이지. 아무튼 그건 말이 안 된다. 황당한 사건이니까 잊어버려. 이지수 신경 예민한 것은 알았지만, 이 정도인 줄은 몰랐다, 애. 우리가 지금 그런 것 신경 쓸 때냐."

"알아. 나도 우리가 어떤 상황에 놓여 있는지. 하지만 잊혀지지 않는 것을 어떻게 하니?"

"야, 사서 병이라는 말이 있다더니. 이지수 병이 나기는 났는가 보네."

고개를 이리저리 흔들던 은영이가 눈을 반짝 떴다.

"참 이렇게 해보는 것이 어때?"

“뭘 어떻게?”

“거기를 다시 한 번 가서 보는 거야.”

“뭐?”

“네가 이상하다고 느낀 장소들, 사람들, 다 서울에 있는 거고 서울에 사는 사람들이야. 그렇잖니. 거기가 무슨 달나라나 화성도 아니고, 그 사람들 또한 외계인도 아니라고. 그날은 네가 시간이 늦어 당황했고, 또 밤이어서 이상하게 느꼈을 수도 있잖아.”

“다시 가서 본다고?”

“그래. 다시 밝은 낮에 한 번 가봐. 이번에 보면 그냥 골목이고 사람들도 별로 이상할 것도 없을 거야. 가서 보면 네 찜찜한 기분이나 느낌 같은 것 싹 사라질 수 있잖아.”

은영이의 말을 듣고 있으니 눈앞의 안개가 쓱 걷히고 햇빛이 확 비치는 것 같았다. 그것이 바로 내가 듣고 싶은 말이었다는 생각이 든 것이다.

은영이가 말을 이었다.

“야, 같이 가보자. 내일 토요일이잖아. 그때 못한 쇼핑도 하고.”

그래, 다시 한 번 가서 보는 거다. 그냥 그런 풍경이고 사람들일 것이다. 괜히 내가 이상한 기분과 느낌에 휩싸여 있는 거고, 햇빛 속에서 그 풍경과 사람들을 보면 아무렇지도 않은 느낌을 받을 거다. 그러고 나면 그날 일은 쉽게 잊을 수 있을 거다.

마음이 가벼워졌다. 나는 웃으며 은영이의 어깨를 끌어안았다.

“그래 같이 가자. 넌 역시 내 베프야!”

"징그러워, 이 계집애야!"

오늘은 놀토다.

우리는 지금 전동차를 타고 그날 그 장소로 가고 있다.

용산 역에서 내려 지난번 나갔던 출구로 올라갔다. 그때처럼 머피의 법칙이나 내 실수 같은 것은 없었다.

십이월이 코앞이라서 바람은 싸늘했지만, 낮의 햇살은 환했다.

계단을 올라가자 도로 쪽에 지난번 보았던 포장마차가 있었다. 그 아주머니가 껍질을 깐 계란들을 어묵 국물에 넣고 있었다.

"저 포장마차야. 내가 길을 물었던 데가."

내가 손가락으로 가리키자 은영이가 고개를 끄덕이며 말했다.

"니가 간 길 쪽 따라가보자."

물론 우리는 포장마차에서 길을 묻지 않았다. 지난번 들어갔던 그 골목으로 찾아 들어가면 되니까.

도로를 끼고 걷다가 첫번째로 나오는 왼쪽 골목으로 들어갔다. 지난번 보았던 것보다는 조금 더 넓게 느껴졌다. 걸어 들어가자 골목은 T자 모양이 되었다. 철거된 가게들이 양쪽 골목에 나란히 늘어서 있었다. 떨어져나간 출입문, 깨진 유리창, 뒤집어지고 다리가 부러진 탁자와 의자 같은 것들은 여전했다. 하지만, 밝은 햇빛 아래서 보아서인지, 그렇게 을씨년스럽게 느껴지지는 않았다.

T자의 머리인 수평 골목에서 오른쪽으로 접어들었다. 몰려오는 '검은 옷'들에게 쫓기듯이 달렸던 골목이다. 골목이 끝나는 곳에 더

넓은 골목이 나왔다. 그때 미사를 드리고 있던 장소다. 지금은 골목 한쪽에 접힌 흰 의자들만 쌓여 있고 무대는 비어 있었다.

계속해서 나는 지난번 들어갔던 골목으로 향했다. 왼쪽으로 휘어진 골목으로 걸어 들어가자 저만큼 공터 입구가 보였다. 양쪽 벽의 벽화도 여전했지만 느낌은 달랐다. 벽화의 붉은 불길은 여전히 타오르고 있었고, 사람들은 입을 벌려 고통스럽게 외치고 있었다.

그러나 밝은 햇빛 아래서 본 그 장면들은 비현실적인 느낌을 주었다. 어디 먼 곳, 아무리 소리쳐도 전혀 소리가 들리지 않을 듯한 거리에서 벌어지고 있는 광경과 같은.

"야, 좀 으스스하기는 하다. 그런데 이곳에서 살던 사람들은 다 어디로 간 거야?"

은영이가 양쪽 벽을 훑어보면서 말했다. 나도 알 수 없었다.

"몰라. 어디인가로 흩어졌겠지."

우리는 더 이상 말을 하지 않고 걸음을 옮겼다. 걸어갈수록 공터는 더 넓게 눈에 들어왔다. 서서히 가슴이 뛰기 시작했다. 우리는 한 발, 한 발 공터로 걸어갔다.

마침내 공터로 들어섰다. 지난번에 본 것과 풍경은 비슷했지만, 생각했던 것보다 좁았다. 빈 가게들은 몸통이 빠져나간 동물의 껍질처럼 보였고, 여기저기 널린 쓰레기로 주변은 어지러웠다.

그리고 공터는 텅 비어 있었다. 나는 그 아이가 서 있던, 벽이 무너지고 유리창이 깨진 치킨 집 앞까지 걸어갔다. 아이가 서 있던 자리에는 말라서 바람에 흔들리는 풀만 듬성듬성했다.

"아무도 없잖아."

주위를 휘둘러본 은영이가 내 팔을 툭 치며 말했다.

"그러네."

나도 공터를 휘둘러보았다.

"말로 듣던 것보다 별루다 애. 그냥 가게들 철거된 거네. 그 애는 누가 데리고 갔겠지. 그럴 거야."

"……그런가 봐."

물론 나도 그렇게 믿고 싶었다.

"애, 그만 가자. 너 그때 어떤 길로 나갔다고?"

나는 그 아이가 손을 들어 알려주던 것처럼, 저 앞쪽의 두 골목 중 하나를 가리켰다.

"가자니까. 뭐 좀 먹고 오늘은 게임기 골라봐야지."

은영이가 그 골목을 향해 걸으며 말했다.

"알았어. 잠깐만."

나는 걸음을 떼기 전, 지난번 그 아이가 서 있던 자리를 물끄러미 바라보았다. 그리고 마음속으로 굳게 다짐했다.

'그냥 그건 아무것도 아닌 일이었어. 길을 잘못 찾아서 우연히 일어난 것들이야. 너도 마찬가지야. 나하고는 아무 상관도 없이, 불쑥 나타났다 사라졌다고 생각할 거야.

자, 우리는 이제 서로 끝이야. 싹 잊어버릴 거야. 난 이제 곧 고 3, 대한민국에서 제일 바쁘고 정신이 없는 고 3이 된다고. 안녕!'

*　　*　　*

그 아이가 공터에 서 있다. 그 자리다.

나는 내가 서 있던 맞은편 자리에 서 있다.

그 아이는 나를 물끄러미 바라보고 있다. 무언가 할 말이 있다는 얼굴이다. 그리고 나는 그 아이가 하는 말을 알아듣는다. 입을 열지 않고 하는 말을.

왜 오지 않은 거지? 나는 기다리고 있었거든.

나도 입을 열지 않고 말을 할 수 있다.

찾아갔잖아. 네가 없었어.

그 아이가 고개를 흔든다.

난 그 자리에 있었어. 네가 보지 못했던 거야.

아니야. 나는 이 자리에 한참 동안이나 서서 거기를 보았어. 그런데, 네가 보이지 않았어.

아냐, 난 거기 있었다니까.

그럼, 넌 낮에는 보이지 않는 거니?

그 아이가 고개를 흔들었다.

보는 사람의 마음에 따라서 보이기도 하고 보이지 않기도 해.

지금은 왜 내 눈에 보이는 거야?

'아니, 그럼 이 장면은 뭐지? 어떻게 우리는 다시 만난 거지? 내가 다시 그곳을 찾아간 건가? 아닌데……'

그런 생각이 슬며시 고개를 쳐든다.

'아, 꿈이구나. 그래 이건 꿈이야.'

그런 자각으로 머릿속이 맑아지면서 잠이 깨었다.

베란다 쪽으로 난 창의 바깥에는 아직도 어둠이 짙다. 고개를 들어 책상 위의 탁상시계를 보았다. 야광 바늘이 다섯 시가 조금 넘은 시각을 가리키고 있다. 아직 한 시간은 더 자야 한다. 오늘은 일요일이라 학교는 안 가지만, 여섯 시에 일어나서 독서실을 가야 한다. 은영이랑 만나기로 했다.

눈을 감았다. 꿈속의 장면이 선명하게 떠오른다. 그 아이가 물끄러미 나를 바라보고 있다. 꿈속에서는 눈물을 흘리고 있었나? 모르겠다. 그런데 내가 보지 못했다고? 보는 사람의 마음에 따라서 보이기도 하고 보이지 않기도 한다고? 그게 무슨 말이야?

이불을 끌어올려 머리를 덮었다. 옆으로 누워 두 다리를 구부려 몸을 공처럼 만들었다. 제일 잠이 잘 드는 자세다. 하지만 머릿속은 바람에 구름이 걷히는 하늘처럼 점점 맑아지고 있었다.

결국 그곳에 다시 찾아간 일은 실패를 한 것 같다. 목적에서 완전 빗나간 결과가 된 것이다. 지난번 일을 싹 잊으려 한 건데, 잊어버린 것이 아니라 더 심해졌다고 할까. 꿈까지 꾸게 되었으니 말이다.

월요일 밤에 또 꿈을 꾸었다. 이번 꿈은 토요일 밤에 꾼 것과는 달랐다.

낡은 오 층 건물이다. 그 정도 되는 것 같다. 건물 옥상을 불길이 휘감고 있다. 불길은 거대한 괴물의 혀처럼 시커먼 연기를 날리면서 넘실댄다. 옥상에 있는 옥탑방 같은 것이 불길 속에 휩싸인다.

연기와 불길을 뚫고 사람들의 비명이 솟아오른다. 옥상 난간에 매달리는 사람들. 기세를 올리는 불길. 난간에서 떨어지는 사람들. 활활 타오르는 불길과 검붉게 하늘로 치솟는 연기.

'아!'

나는 꿈속에서 가위눌린 비명을 내지른다.

그 아이다!

하얀 옷을 입은 조그만 그 아이. 그 아이가 맞다. 그 아이가 불길을 향해 다가가고 있다. 저기는 허공이다. 그런데 저 아이는 어떻게 저곳을 올라간 거지? 꿈속에서도 그런 생각을 한다. 이것이 꿈속이라는 자각은 들지 않는다. 그러기에는 상황이 너무나 다급하다.

'안 돼! 가면 안 돼!'

나는 비명을 지른다. 내 비명이 들렸는지 모른다. 그 아이가 가만히 돌아다본다. 하얀 얼굴이 불길과 연기를 배경으로 낮달처럼 떠오른다.

'가면 안 돼! 불에 타서 죽어!'

그 아이가 고개를 돌린 채로 나를 물끄러미 바라본다. 그 아이의 등 뒤에서는 괴물의 혓바닥 같은 불길이 넘실대고 있다. 금방이라도 하얀 옷의 아이를 삼켜버릴 것처럼. 내 가슴이 오그라드는 것 같다.

'안 돼! 가면 안 돼! 가지 마!'

그 아이가 가만히 고개를 흔든다. 하얀 옷이 바람에 펄럭인다. 고개를 돌린 그 아이가 거대한 불길 속으로 천천히 걸어 들어간다.

'으, 어……'

목이 막혀 비명도 지를 수가 없다. 거대한 뱀의 혀 같은 검붉은 불길이 널름널름 그 아이를 휘감는다. 그 아이가 불길 속으로 사라진다. 마침내 넘실대는 불길이 마지막 하얀 옷자락을 삼켜버린다.

'아, 악! 안 돼!'

화요일 밤 나는 자율학습을 빠졌다. 담임한테 몸이 안 좋아서 그냥 집에 가서 쉬어야 한다고 했다. 내 찌푸린 얼굴을 들여다본 담임은 생리 때문으로 짐작하는 것 같았다. 상관은 없다.

그 아이가 불길 속으로 들어가는 꿈을 꾸고 난 뒤, 나는 캄캄한 방 안의 어둠을 쳐다보며 오래 생각했다.

그리고 다시 그곳에 가기로 작정한 것이다. 밤에 나 혼자. 처음에 내가 그 아이를 만났던 그 시간에. 어떤 예감 같은 거랄까. 꿈에 나타난 그 아이가 나를 보던 눈빛이 주는 느낌 같은 것.

나는 다시 그 아이를 만날 수 있을 것 같았다.

그 아이를 만나면 할 말이 있었다. 꼭 하고 싶은 말이 있었다. 그 아이에게 그 말을 하고 싶다는 내 욕망은 강렬했고, 그래서 만날 수 있다는 느낌이 드는 것도 같았다. 오늘 새벽에 꿈에서 깨어난 뒤 오래 생각하고 생각한 말이었다.

오후 수업이 끝나자마자 학교를 빠져나왔다. 한 시간 삼십 분 정도를 잡아도 여유가 있는 시간이었다.

용산 역에 내려 역 안에서 서성거리며 시간을 보냈다. 그날의 시간을 맞춰서 나갈 생각이었다. 여섯 시 오십오 분. 지하철역의 계단을 올라 밖으로 나갔다. 이미 하늘은 캄캄하게 어두웠고, 헤드라이트를 밝힌 자동차들이 씽씽 달리고 있었다.

큰 도로 옆 보도를 걸어가서 그 좁고 어두운 골목으로 들어갔다. T자로 갈라지는 골목에서 미사를 드리는 골목으로 꺾어졌다. 조금 걸어가자 넓은 골목이 나오고 성가 소리가 들렸다. 미사가 시작된 것이다.

나는 다시 좁게 휘어지는 골목으로 걸어갔다. 어두운 골목을 불어온 겨울바람이 얼굴을 싸늘하게 휘감았다.

저만큼, 거무스레한 어둠이 감싸고 있는 골목길 저쪽에 공터가 보이기 시작했다. 가슴이 쿵, 쿵 뛰었다. 심호흡을 하고 걸음을 옮겼다.

공터로 들어선 나는 주춤 멈췄다.

'아!'

그 아이가 있었다.

허공에 매달려 뿌옇게 공터를 밝히는 형광등 빛 속에서 그 아이는 하얗게 서 있었다. 아이의 얼굴은 잘 알아볼 수가 없었다. 다만 하얀 얼굴이 나를 보고 있다는 것을 느낄 수 있을 뿐. 처음 여기 와서 그 아이를 만났을 때보다 내가 멀리 서 있어서 그렇다는 생각이 들었다.

나는 한 걸음 앞으로 걸어나갔다. 무섭거나 이상하다는 느낌은 없었다. 내 마음을 채우고 있는 생각은 하나뿐이었다. 그 아이에게 말을 해야 한다는 것.

아이가 팔을 들어 손짓을 했다. 다가오지 말라는 손짓이었다. 나는 걸음을 멈췄다.

'여기는 좀 멀어. 그 말을 하고, 네가 듣기에는 말이야.'

아이가 고개를 끄덕였다. 마치 이미 내가 하려는 말을 알고 있다는 듯이. 그리고 그 말은 소리 내어 할 필요가 없다는 듯이.

아이가 다시 고개를 끄덕였다. 내 그런 생각을 읽고 있다는 표시 같았다.

나는 그 자리에 서서 아이를 바라본 채, 마음속으로 말을 했다.

'미안해. 그날 밤 너한테 물어야 했어. 왜 이런 추운 날씨에 그렇게 서 있는지, 맨발에 얇은 여름옷을 입고 어떻게 할 것인지, 물어봐야 하는 거였어. 그렇게 도망치듯이 가버리면 안 되는 거였어. 너를 여기 춥고 어두운 곳에 버려두면 안 되는 거였어. 미안해. 정말 미안해.'

그 아이가 가만히 고개를 끄덕였다.

나는 다시 마음속으로 말했다.

'그리고, 너를 잊지 않을게. 잊지 않을 거야. 절대 잊어버리지 않을 거야!'

그 아이의 얼굴에 잔잔한 물살처럼 미소가 번져가고 있었다. 멀고 어두워서 잘 보이지 않을 것인데도 나는 그걸 분명히 느꼈다.

잠시 후, 그 아이의 몸이 스르르 떠올랐다. 그렇게 하얀 몸이 허공에 떠오르니 마치 날개를 단 작은 눈사람 같았다. 전봇대 높이만큼 떠올랐을까. 하늘에서 떨어진 눈송이가 다시 하늘로 날아가듯이, 그 아이는 수많은 눈송이가 되어 아득하게 하늘로 날아올랐다.

나는 그 자리에 서서 그 아이가 날아간 하늘을 쳐다보았다.

시간이 얼마나 흘렀을까.

오 분, 십 분. 모르겠다.

어느 순간, 하늘 저 아득한 높이에서 하얀 눈송이들이 휘날려 내리기 시작했다. 나는 뺨에 내려와 차갑게 맺히는 눈을 맞으면서 그 자리에 서 있었다.

이 도시에 내리는 첫눈이었다.

안녕 라자드

엄마랑 저녁을 먹고 윤호가 자기 방에 들어와 웹 서핑을 하고 있을 때였다. 노크를 하고 누나가 들어왔다.

"바쁘니?"

누나가 윤호 침대에 걸터앉았다.

"아니. 그냥 이것저것 구경하는 거야. 언제 왔어?"

동영상의 소리가 좀 커서 현관문 소리를 못 들은 것 같다.

"방금. 고등학교 생활 어때?"

"뭐 좀, 정신이 없고 그렇지 뭐. 근데 오늘은 일찍 들어왔네."

책상 위의 탁상시계를 보니 여덟 시가 조금 넘었다.

시민 단체 사무실에서 일을 하는 누나는, 보통 아홉 시는 넘어야 퇴근한다. 요즈음은 무슨 바쁜 일이 있는지 열한 시를 넘기기가 일쑤였다. 윤호는 1학년이라 야자를 안 하고(선택인데 안 한다) 밤에 학원도 안 다니니까, 누나가 들어오는 시간을 잘 알고 있다.

누나가 두 팔과 두 다리를 쭉 펴서 스트레칭을 하며 말했다.

"요즘 상당히 피곤했어. 오늘 마침 일이 일찍 끝나서 좀 쉬려고 들어왔지."

"잘했네. 아스피린이나 먹고 푹 자."

"아무리 피곤해도 그렇지, 아홉 시도 안 됐는데 잠이 오겠니. 요즘 책은 좀 읽고 그러니?"

"별로. 잘 안 읽게 돼."

대학을 다니던 지지난해까지 누나는 윤호의 '책 읽기' 지도를 꼼꼼하게 했었다. 그러니까 초등학교 5학년부터 중 2가 될 때까지, 그 사 년 동안에 윤호가 상당히 많은 책을 읽은 것은 순전히 누나 덕이다. 누나는 대학에 합격해서 졸업하기까지 윤호의 독서 선생님이었던 것이다.

"수업량 많고, 또 숱한 시험에 시달리니까 쉽지는 않겠지. 하지만 독서는 기본이라는 것을 잊어서는 안 돼."

"고딩이 되니까 심리적으로 쫓기나 봐. 이렇게 컴퓨터나 들여다보게 되고 책이 손에 잘 안 잡혀."

윤호는 솔직하게 말했다. 누나와의 대화에서 내숭을 떨고 싶지도 않고 그럴 필요도 없다. 그만큼 누나는 윤호를 잘 알고, 또 무언가 일방적으로 요구하는 사람이 아니니까.

손가락으로 침대 모서리를 두드리던 누나가 말했다.

"그래. 그럴 때가 있겠지. 책을 읽어야 한다는 것도 부담이 되면

곤란하겠지. 자연스럽게 흥미와 열정이 되살아날 때를 기다리는 것이 맞겠지."

윤호는 고개를 끄덕였다.

잠시 윤호와 누나의 대화가 끊어졌다. 뭐, 정식으로 주제를 정하고 하는 토론(우리 집 식탁에서 거의 매주 벌어지는 것인데)이 아니어서일 것이다. 오랜만에 일찍 들어온 누나가 잠시 방에 들른 거라고 윤호는 생각했다.

그런데 누나는 일어날 생각을 하지 않고, 이제는 침대 매트리스를 손가락으로 톡톡 튀기고 있었다. 아무래도 이상했다. 윤호의 '책 읽기'가 아니라 뭔가 다른 할 말이 있는데 그걸 꺼내지 못하는 것 같았다. 자신의 의견을 명확하게 표현하는 평소의 누나답지 않았다. 윤호는 누나의 얼굴을 바라보며 물었다.

"누나, 무슨 일 있어?"

누나는 고개를 흔든 다음 일어섰다.

"아냐. 요즘 좀 마음이 혼란스럽고 그랬거든. 그런데, 이제 마음을 정하고 나니까 홀가분하고 가뿐해."

"무슨 일인데?"

누나는 윤호의 말에 대답하지 않고 자신의 말을 이었다.

"내 마음을 정직하게 들여다보니까 자연스럽게 답이 나오더라고. 자신을 믿으면 두려울 필요가 없는 것이지."

스스로에게 다짐하는 말투 같기는 한데, 무슨 뜻인지 알 수가 없었다. 누나가 뭔가 중요한 결정을 했다는 것 정도만 짐작할 수 있을 뿐이었다.

"참, 오늘이 수요일이지?"

"그렇지."

"그럼 모레 아빠 오시겠네."

"그렇지."

아빠는 대전에 있는 대학교의 교수인데, 전공이 철학이다. 주 중에는 대학교 주변에 얻어놓은 아파트에서 생활하고 매주 금요일에 분당에 있는 집에 온다.

방문을 열고 나가려던 누나가 고개를 돌려 물었다.

"엄마는 아홉 시쯤 들어오시지?"

"항상 그렇잖아."

엄마는 약사다. 윤호네 아파트 단지 앞의 버스 터미널 옆에 있는 〈광혜약국〉이 엄마가 운영하는 약국이다. 엄마와 월급을 받는 약사 누나랑 둘이 운영하는데, 근무 시간이 서로 조금 다르다. 엄마는 여섯 시 삼십 분쯤 집에 와서 가사 도우미 아주머니가 차려놓은 저녁을 먹고 다시 나간다. 엄마가 나가면 약사 누나가 저녁을 먹으러 간다고 한다. 엄마의 퇴근 시간은 아홉 시쯤이고 그 누나의 퇴근 시간은 열시 반 정도라고 한다. 그것은 윤호네 식구 모두 잘 알고 있는 사항이다.

정말, 아무래도, 이상하다. 아빠가 금요일에 오는 거나, 약국을 하는 엄마의 귀가 시간은 누나가 새삼스럽게 윤호에게 묻고 어쩌고 할 일이 아닌 것이다.

누나는 문을 열고 나갔다. 생각해보았지만, 윤호는 누나가 왜 이러는 것인지 알 수가 없었다. 잠깐 사이지만, 누나가 윤호 방에 와서 보여준 모습은 누나답지 않았다. 무슨 말을 하려는 듯 망설이다가 하지도 않고, 괜히 침대 모서리를 갖고 장난을 하고, 이미 다 아는 사실을 묻다니.

'도대체 왜 저럴까?'

그 이유, 그러니까 평소의 누나답지 않은 말과 행동의 이유가 밝혀진 것은 금요일 밤이었다.

승용차로 대전에서 오후에 출발한 아빠가 집에 온 것은 일곱 시가 조금 넘어서였다. 평소와 비슷한 시각이었다.

아빠가 도착하고 나서 곧 윤호네 네 식구는 가사 도우미 아주머니가 차려놓은 식탁에 앉았다. 다른 날과 달리 금요일 저녁 식사만은 누나도 되도록 집에 와서 한다. 물론 사무실에서 아주 바쁜 일이 있을 때는 어쩔 수 없이 빠지지만.

오늘 식탁의 화제는 동성애 문제였다. 엄마가 먼저 말문을 텄다. 요즈음 그 문제를 다루는 드라마가 상당히 인기 있어서 자연스럽게 꺼낸 것 같았다. 물론 단순히 흥미 있는 소재나 이야기라고 해서 윤호네 집 식탁의 화제가 되는 것은 아니다. 그 화제 속에는 뭔가 의미 있는 주제가 있어야 한다.

엄마가 사회적 편견이 여전하다는 점을 지적하자 아빠가 말을 받았다.

"사회나 개인의 의식이 변하는 과정은 상당히 완만하지. 답답할 정도로. 하지만, 결국 이성이나 객관적 인식이 확장되고 문제를 성찰하게 되면 변할 수밖에 없어. 변해야 하고. 우리 한국 사회에서 소수자들의 권리는 아직도 너무 열악해. 반성해야 할 문제가 많지."

처음 듣는 사람은 상당히 이상하게 느낄 것이다. 가족이 모인 저녁 식사 자리에서 '의식' '객관적 인식' '성찰' '권리' 같은 딱딱한 단어들이 튀어나오니까 말이다. 이런 정도의 단어나 대화가 어렵다는 뜻은 아니다. 어른들은 물론일 것이고, 고등학생인 윤호의 수준에서도 별문제는 아니다. 수능 언어영역 문제집을 보면 더 어려운 단어가 여기저기 널려 있는 난해한 지문이 수두룩하니까.

그러니까 단어나 대화가 어려운 것이 아니라 가족 식사 자리라는 상황이 이상하게 느껴질 거라는 말이다. 하지만 윤호네 식구에게 이런 단어나 대화는 자연스럽다. 아주 오래전부터, 윤호가 대화의 내용을 어렴풋이 기억하는 초등학교 때부터, 식구들의 식사는 일쑤 이런 식이곤 했으니까 말이다.

철학 교수인 아빠야 말할 것도 없고, 약사인 엄마도 손님이 없을 때는 손에서 책을 놓지 않을 정도다. 공부 귀신에다 대학에서 사회학과 심리학을 복수 전공한 누나는 물론이고 윤호도 그 누나한테 몇 년씩 독서 지도를 받은 사람이다. 식구 모두 이런 대화에 거부감을 느끼지 않는 것이다. 아빠와 누나가 적극적으로 참여하는 편이라면, 엄마와 윤호는 자연스럽게 받아들이는 정도의 온도 차이는 있지만.

아무튼 오늘도 저녁 식사 자리는 동성애를 주제로 열기를 띨 모양이었다. 그런데 예상과 달리 그 열기는 곧 시들해지고 말았다. 아빠의 유도에 적극적으로 호응해야 할 누나가 입을 다물고 음식만 씹고 있었기 때문이다. 누나는 무엇인가 곰곰이 생각하면서 자신 속에 빠져 있는 얼굴이었다.

누나의 표정을 본 아빠가 으쓱 어깨를 올리는 시늉을 했다. 엄마도 눈짓을 보냈다. 그냥 편하게 먹게 두라는 신호다. 이런 점이 엄마 아빠의 장점 중 하나다. 누나나 윤호가 하고 싶지 않은 말이나 드러내고 싶지 않은 감정을 굳이 끌어내려고 억압하거나 강요하지 않는다는 점. 이렇게 스스로 하도록 참고 기다린다는 게 말처럼 쉽지 않다는 것을 윤호는 잘 안다. 자식을 자신의 플랜대로 만들려는, 멋대로 자기들 틀에 집어넣으려는 조급증 부모들은 어린아이보다 더 참을성이 없으니까.

전례 없이 조용한 저녁 식사가 끝나고 거실에서 과일을 먹을 때였다. 자기 방에 들어갔던 누나가 노트북을 들고 나왔다.

"보여주고 싶은 것이 있는데……"

누나는 노트북을 부팅하면서 혼잣말처럼 말했다. 아빠가 씹던 사과를 삼키고 대답했다.

"물론 봐야지."

커피를 들고 오던 엄마가 물었다.

"뭔데 그러니?"

누나가 작은 목소리로 혼잣말하듯이 대답했다.

"보면 알아."

윤호네 식구는 소파에 나란히 앉아서 노트북 화면을 들여다보았다. 부팅이 완료되자 누나는 동영상 하나를 재생시켰다.

동영상에는 책상이며 책꽂이가 어지럽게 놓인 실내 공간 한쪽에 모여 있는 열 명 정도의 사람이 촬영되어 있었다. 일종의 파티를 하고 있는 것 같았다. 카메라가 좀 멀리서 잡아 둥글게 모여 있는 사람들이 다 화면에 들어왔다.

"우리 사무실."

누나가 말했다. 파티라고 해야 긴 탁자 위에 차려진 것은 음료수나 몇 가지 과자 정도로 보였는데, 웃고 서로 툭툭 치기도 하면서 대화를 나누는 분위기는 화기애애한 것 같았다.

'이게 뭐야?'

아빠와 엄마 표정도 윤호의 생각과 마찬가지인 것 같다.

'이걸 보여주려고 그런 거야?'

말이 없던 저녁 식사 자리에서부터 심상치 않았던 누나가, 우리에게 보여주는 것이 겨우 사무실의 조촐한 파티 장면이라니.

흐르는 물처럼 화면이 바뀌었다. 카메라가 사람들에게 가까이 다가가고 있었다. 얼굴들을 알아볼 수 있을 정도가 되었다. 열 명 가까운 사람 중 반 정도는 외국인이었다. 언뜻 봐도 동남아 쪽 사람들 같았다. 누나가 일하는 시민 단체가 주로 국제 인권 운동을 지원하는 곳이니까 외국인들이 함께하는 것은 자연스럽다는 생각이 들었다.

장면이 바뀌고 사람들 얼굴이 더 클로즈업되었을 때, 누나가 마

우스로 화면을 정지시켰다. 화면에는 한국인 남자 두 명과 외국인 남자 한 명이 정면을 보고 있었다.

"라자드야."

누나가 불쑥 말했다. 엄마가 눈을 동그랗게 떴다.

"뭐, 라자드? 무슨 말이니?"

누나가 세 남자 중 왼쪽에 서 있는, 키가 작은 외국인을 손가락으로 가리켰다.

"이 사람이 라자드라고."

누나가 가리킨 라자드라는 남자의 첫인상을 윤호에게 한마디로 말하라 하면 딱 이거였다.

'검다!'

얼굴 형태는 아프리카나 미국의 흑인처럼 생기지 않았는데, 검기는 거의 그 수준이었다. 조금 자세히 봤더니 검은 색깔도 다르기는 했다. 흑인이 광택과 같은 빛이 도는 검은색이라면, 이 라자드라는 사람의 얼굴은 윤기가 없어 약간 푸석한 검은흙의 색깔 같다는 느낌을 주었다.

"그런데? 이 사람이 뭐? 어떻다는 거야?"

엄마가 더 눈을 크게 뜨면서 연속으로 물음표를 쏟아냈다. 어떤 직감이 든 것 같았다. 슬쩍 보니 아빠의 표정도 눈에 띄게 굳어지고 있었다. 물론 윤호도 이 정도 상황이라면 어느 정도 예감은 할 수 있었다. 누나가 아무 이유도 없이 저 남자를 가족에게 이런 식으로 소개하지는 않을 것이다.

'설마 저 남자를 누나가?'

누나가 아랫입술을 깨물었다 놓았다. 뭔가 중요한 결정을 했다는 표시다. 깨물려서 하얗게 변했던 아랫입술이 피가 몰리면서 진홍으로 변했다.

"저 사람, 라자드하고 사귀려고. 아니, 지금 사귀고 있는 중이야."

하얗게 질린 얼굴로 눈을 더 크게 뜨는 엄마. 굳게 입을 다물고 뚫어지게 화면을 바라보는 아빠.

거실이 갑자기 조용해졌다. 마치 우리 집이 느닷없이 통째로 우주 공간에 들어간 것처럼, 그래서 무중력의 진공상태에 빠진 것처럼. 자신이 침을 삼키는 소리가 윤호의 귀에 울릴 정도였다.

누나가 그 진공 상태를 깼다.

"착하고 진실한 사람이야. 올바른 가치관을 갖고 있어. 또 그걸 실천할 신념과 용기도 있는 사람이고."

누나는 지금, 누나가 어떤 인간을 긍정적으로 평가할 때 사용할 수 있는 최상급의 어휘를 모두 동원한 셈이었다. 그 정도로 저 라자드인가 하는 남자가 누나 마음에 들었다는 뜻으로 해석할 수 있었다.

하얗게 질려 있던 엄마의 얼굴이 붉게 변했다.

"너 지금 무슨 말을 하는 거야? 저런 사람과 사귄다고? 우리한테 말 한마디 없이!"

점점 높아지는 엄마의 목소리와 달리 누나의 목소리는 침착했다.

"엄마, 나 스물다섯이야. 사람을 만나고 사귀고 하는 것 부모한테 허락 받을 나이 아니야. 아니, 미성년자라도 그렇지. 사람이 좋

아서 가까워지고 사귀는 것이 왜 부모의 허락을 받을 문제야? 이건
우리 집에서는 오래전에 정리된 이야기 아닌가."

엄마가 눈을 치켜떴다.

"하지만, 이건 경우가 다르지. 똑똑하다는 네가 그것도 몰라?"

"어떻게 다른데? 난 엄마가 무슨 말을 하는지 모르겠는데."

"뭐? 뭐!"

엄마는 기가 막힌다는 듯 숨을 몰아쉬며 아빠를 보았다. 도움을
청하는 눈길이었지만, 아빠는 굳은 얼굴로 정지된 화면, 검은 얼굴
의 라자드를 보고 있을 뿐이었다.

누나는 여전히 침착한 목소리였다.

"내가 이걸 보여주는 것은 엄마나 아빠의 허락을 받기 위해서가
아니야. 엄마 아빠가 알아야 한다는 생각은 했어. 내게 중요한 일이
니까 부모도 같이 아는 것이 당연하잖아. 그리고 이해하고 인정하
면 좋겠다는 생각도 했고. 하지만, 오늘 이 영상을 보자고 한 이유
는 따로 있어."

엄마가 누나의 얼굴을 보았다. 평소 볼 수 없던, 거의 노려보는
표정이었다. 아빠의 심각하게 굳은 얼굴도 이전에는 볼 수 없던 표
정이었다.

"라자드를 우리 집에 초대했으면 해서. 이 문제는 엄마나 아빠의
허락을 받아야 할 것 같으니까."

말을 끊은 누나가 윤호를 돌아다보았다.

"윤호의 동의도 받으면 좋겠고. 초대하면 자리를 같이해야 하니까."

'초대'라는 단어가 누나 입에서 떨어지는 순간, 엄마 얼굴은 검붉게 변했다. 검은 색깔로만 치자면 화면에서 우리를 바라보고 있는 라자드와 거의 비슷할 정도였다. 아빠도 정물처럼 굳어 있던 얼굴을 누나에게 돌렸다. 아빠 이마의 주름살이 심각하게 미간으로 쏠리는 것이 보였다.

물론 윤호도 깜짝 놀라기는 마찬가지였다. 엄마나 아빠도 그런 것 같지만, 윤호도 이 단어를 '인사를 온다'는 뜻, 결혼을 앞둔 남녀가 상대의 집을 방문하는 것으로 들은 것이다. 갑작스럽게 나타난 저 라자드, 정체도 모를 검은 얼굴의 남자가 '우리 집에 인사를 온다'니!

경악에 가까운 반응을 본 누나는, 가족의 생각을 눈치챈 듯 픽 웃었다.

"그건 아니고. 그냥, 초대해서 식사하고 이야기도 하고 그러자는 거야. 사귄다고 해서 아직 그런 문제를 상의하거나 결정하려는 단계는 아니니까. 라자드가 한국의 문화에 대해 관심이 많아. 한국인과 자연스럽게 접촉하는 기회를 많이 원하기도 하고."

누나는 어색하게나마 웃었지만, 나머지 가족은 전혀 그런 반응을 보이지 않았다. 엄마가 날카로운 목소리로 쏘아붙였다.

"강서영! 너 우리한테 왜 이러는 거야? 이러면 안 되잖아. 갑자기 이게 뭐니? 엄마 아빠 혈압 높여 쓰러지게 만들 작정이라도 한 거야? 느닷없이 근본도 모르는 사람을 들이대면서 초대를 해? 도대체 저 사람, 어느 나라 사람이니?"

어색한 웃음이 사라지면서 누나의 얼굴이 차갑게 변했다. 목소리도 싸늘했다.

"방글라데시! 근데 그게 왜 그렇게 중요한데? 근본? 라자드가 미국인이면? 프랑스나 독일 사람이면? 그러면 되는 거야? 백인이면? 그러면 괜찮은 거야? 그게 아니라서 지금 이러는 거냐고?"

"닥쳐!"

"엄마!"

"아무튼 난 절대로 허락할 수 없다."

"허락 따위 필요 없다니까. 이건 내 권리야!"

"좋아. 네 말대로 하자. 이해도 인정도 하고 싶지 않아!"

"마음대로 해!"

누나는 탁 소리가 나게 노트북을 닫고서 자기 방으로 들어갔다.

엄마가 닫힌 누나의 방문에 대고 비명을 지르듯 소리쳤다.

"강서영! 너 정신이 나간 거니? 그 좋은 대학 나와서, 너 자신이 아깝지 않아? 이 따위로 너를 팽개쳐? 너 미쳤어?"

아빠는 정물이 된 것처럼 굳어버린 얼굴로 입을 열지 않았다. 물론 윤호도 입을 다물고 있었다. 머릿속이 불 꺼진 캄캄한 방이 된 것처럼 아무 생각도 떠오르지 않았다.

*　　*　　*

방글라데시에서 온 라자드, 검은 얼굴의 라자드가 윤호네 집에 던진 충격은 대단했다. 고요한 연못에 큰 바위 하나가 첨벙 떨어진 꼴이라 할까. 그 파문이 윤호네 집을 전에 없던 분위기로 몰아가고 있었다.

원래 윤호네 집 분위기는 부드럽게 가라앉아 있는 편이었다. 물론 식탁이나 거실의 대화는 언제나 활기찼고 때로는 열기를 띤 토론으로 이어지기도 했다. 그래도 그건 어디까지나 편안한 분위기를 바탕에 깔고, 다시 말해서 서로를 존중하고 인정하는 대화고 토론이었다. 지금처럼 싸늘한 시선이 오가는 것과는 전혀 차원이 달랐다.

태풍과 같은 충격이 덮친 금요일 밤 이후, 윤호네 집은 태풍 이후의 고요처럼 숨이 막히는 것 같은 정적에 덮였다. 토요일, 일요일 동안 모두들 자기 방에 틀어박혀 나오지 않았다. 아빠는 서재에, 엄마는 안방에, 누나는 누나 방에, 윤호는……

윤호는 아침 일찍 가사 도우미 아주머니가 싸준 샌드위치를 가방에 넣고 독서실에 갔다. 김밥 같은 것으로 아예 저녁까지 때우고 들어와서 자신의 방에 틀어박혔다. 사실 윤호는 누나를 대하는 것이 두려웠다. 누나가 자기 방에 찾아올까 봐 전전긍긍하는 심정이었다.

"넌 이 문제를 어떻게 생각하니?"

'누나가 그런 식으로 물어온다면?'

윤호는 생각만 해도 등에 진땀이 난다. 뭐라고 대답해야 하지? 답이 나오지 않는다.

마음에도 없는 말로 누나의 선택(라자드를 사귄다는)을 이해하거나 인정한다고 할 수는 없다. 누나는 눈만 봐도 윤호의 말이 마음을 감춘 껍데기에 불과하다는 것을 금방 눈치챌 것이다. 그런 거짓말로 모면하는 것은 누나에 대한 모욕이 되고 윤호에게도 화를 자초하는 꼴이 될 것이다.

솔직히 누나가 라자드를 사귄다는 것을 이해하고 싶지 않고, 인정하고 싶지도 않다. 하지만 또 그렇게 말할 수도 없다.

"이유가 무엇이지?"

누나는 그렇게 물을 것이고, 윤호는 대답할 말이 없다. 라자드가 방글라데시 사람이어서 싫고, 얼굴이 검어서 싫다고 대답할 수는 없다. 그건 누나와의 대화에서 답이 될 수 없다. 이성적으로, 그리고 합리적으로 설명되지 않는 이유는 타당한 이유가 아니니까. 그건 억지에 불과하니까. 사 년 동안이나 윤호의 '책 읽기' 선생이 되어준 누나 앞에서 그따위 억지를 부릴 수는 없는 일이다. 부린다 해도 누나가 용납할 리 없지만.

여덟 살 위인 서영이 누나는, 철이 든 이후부터 윤호의 자랑이었고 좀 과장하면 우상이었다.

엄마가 분노에 차서 '그 좋은 대학'이라고 외친 바대로, 누나는 소위 말하는 스카이SKY에서도 맨 꼭대기를 차지하는 대학을 나왔다. 물론 누나가 선망의 대상인 일류 대학교를 나왔다는 게 윤호도 은근히 자랑스러운 것이 사실이다.

하지만 꼭 그것 때문에 윤호가 누나를 자랑스러워하고 우러러보는 것은 아니다. 공부 잘하는 얄미운 범생이는 밥맛이고, 누나가 그렇다면 동생에게는 재앙 수준의 불행이 될 수도 있다. 사사건건 비교 대상이 되어 구박만 받는 처지로 전락하기 십상이니까 말이다.

윤호가 진심으로 누나를 좋아하고 존경하는 이유는 다른 곳에 있다. 누나는 대학에 들어간 1학년 때부터 윤호의 책 읽기를 지도하겠다고 자청했다. 윤호가 초등학교 5학년 때의 일이다.

"책을 읽는 것은 단순히 학습 능력을 높이고 시험 점수를 따기 위해서가 아니야. 물론 모든 학습의 기초는 독서로 다져야지. 하지만, 독서가 더욱 중요한 것은 삶을 이해하고 사랑하기 위해서지."

"은지랑 성준이와 같이하자. 혼자 하는 것보다 또래 아이들이 있으면 서로 토론도 할 수 있고 좋거든."

은지랑 성준이는 같은 단지에 살고 유치원 때부터 친했다. 초등학교에 들어와서도 계속 잘 어울렸는데, 물론 누나도 잘 아는 애들이다. 그러니까 누나는 과외나 알바를 한 것이 아니고, 동생을 가르치면서 가까운 친구들까지 그냥 가르친 셈이었다.

우리 셋은 누나한테 정말 많은 것을 배웠다. 누나는 우리가 읽은 것을 스스로 생각하고 표현할 수 있게 이끌어주었다. 지금도 은지와 성준이는 누나 이야기만 나오면 엄지를 번쩍 치켜들곤 한다. 고등학교가 달라진 성준이는 가끔 만나고, 같은 학교에 다니는 은지는 윤호의 여친이 되었다. 고등학교에 들어온 뒤부터다. 윤호와 은지는 자연스럽게 그렇게 되었다. 은지처럼 근사한 아이가 여친이된 것도 다 누나의 덕분이라고 윤호는 생각한다. 솔직히 인정하지 않을 수가 없다.

그뿐이 아니다. 윤호가 중학교 때 특목고 입시 따위로 시달리지 않은 것도 누나 덕택이라고 할 수 있다. 누나는 일반고를 다니고도 거뜬히 소위 일류 대학교에 들어갔다. 누나가 그런 시범을 보여줬으니, 윤호 역시 굳이 특목고를 목표로 머리를 싸맬 이유가 없었다. 물론 아빠는 특목고의 존재 자체에 대해 부정적이고 또 엄마도 강요하는 식으로 윤호를 몰아붙이지는 않았지만, 아무튼 윤호가 여유를 부리면서 학교생활을 할 수 있었던 것은 누나의 공이 아닐 수 없다.

이런 누나니까 윤호가 자기 방에서 어쩔 줄 모르고 끙끙대고 있는 것이다.

누나가 윤호의 얼굴을 보고 정면으로 어떻게 생각하느냐고 물어온다면?

정말 어떻게 대답해야 할지 전전긍긍하지 않을 수 없었다.

다행히도 누나는 윤호의 방에 오지 않았다.

불안한 토요일과 일요일이 지나고, 아빠는 월요일 아침에 대전으로 내려갔다. 아침 일찍 현관문을 나서는 아빠의 얼굴은 여전히 딱딱하고 어두웠다. 엄마와 윤호가 현관에서 배웅했고, 누나는 방에서 나오지 않았다. 다른 때 같으면 누나는 월요일만은 다른 날보다 삼십 분 정도 일찍 아빠랑 같이 집을 나서곤 했었다.

이 문제에서만은 아빠가 누나를 전혀 이해하지도 인정하지도 않고 있다는 것을, 누나는 그런 아빠에게 화를 내고 있다는 것을, 월요일의 아침 장면이 분명하게 보여주고 있었다.

누나가 윤호의 방문을 두드린 것은 목요일 밤이었다. 열두 시가 가까운 시간이었다. 누나 입에서는 술 냄새가 풍겼는데, 얼굴은 오히려 창백했다.

"너 이번 토요일 오후에 시간 있니?"

"어, 시간? 왜?"

"시간 좀 내줄 수 있지?"

"시간은 있지만……"

"그럼 됐어. 라자드를 좀 만나줘."

'뭐? 라자드?'

"라…… 자드? 내, 내가 왜?"

당황하니까 말이 제대로 나오지 않았다.

"지난번에 이야기했잖니. 라자드가 한국 문화에 관심 많고, 한국 사람 만나서 이야기하고 싶어 한다고."

'그게 왜 난데?'

마음속으로만 한 말이었다. 누나가 윤호의 마음을 읽은 듯 말을 이었다.

"지금 라자드 입장에서 가장 가까운 한국 사람은 나거든. 그러니까 우리 가족을 만나고 싶어 하는 것은 당연하고. 엄마랑 아빠는 거부하니까 너만 남았잖아."

윤호는 불쑥 물었다.

"누나 그 사람, 정말 좋아? 왜?"

누나가 씩 웃은 뒤, 뺨으로 흘러내린 머리카락을 쓸어 올렸다.

"그것도 지난번에 이야기했지. 착하고 진실한 사람이라고. 올바른 가치를 품고 그것을 실천하는 신념과 용기를 가졌다고. 더 다른 이유가 있어야 되니?"

"아니, 그게 아니라……"

"시간 내주는 거지?"

다른 대답을 할 수가 없었다.

"어, 응."

누나가 다시 머리카락을 쓸어 올리며 일어섰다.

"지금 너한테 다른 말은 못 묻겠다. 엄마가 한 대답, 아빠가 보여준 반응을 또 당할까 봐 겁이 나서 말이야. 그래도 마지막 남은 내 희망이니까 미뤄둬야지."

문을 열고 나가기 전 누나는 중얼거리듯 말했다.

"아빠가 저러시는 것은 정말 힘이 들어."

누나가 중얼거리듯 한 말을 윤호는 충분히 이해할 수 있다. 그만큼 아빠는 누나를 믿어주고 지지해준 사람이니까.

대학의 학과 지망을 앞두고, 누나가 심리학을 공부하겠다고 밝혔을 때 엄마는 반대했다. 엄마가 누나의 직업으로 희망한 것은 프로듀서나 변호사였다. 그러려면 영문과나 신방과, 또는 법학과를 가야 한다는 주장이었다.

"서영이 네 점수로 충분한데 왜 포기하는 거니?"

"엄마, 난 포기하는 것이 아니라 심리학을 선택하는 거야. 복수전공으로 사회학을 할 거고. 이건 내 스스로 결정한 선택이라고."

갈등이라고 할 정도는 아니지만 엄마와 누나는 이렇게 대립했는데, 그것이 길게 가지는 않았다. 아빠가 분명하게 누나의 손을 들었기 때문이다.

"공부는 자기가 하고 싶은 것을 해야 잘할 수 있어. 우리 서영이가 스스로 선택했다면 난 그 선택을 신뢰하고 지지한다."

엄마가 슬쩍 눈을 흘기자 아빠가 허허허 웃으며 엄마를 달랬다.

"당신도 이렇게 지지해주는 것이 신상에 좋을 거야. 나중에 우리 서영이가 멋진 저서 낼 때 말이야. 고마운 사람들 이름 쓰는 헌사에서 당신 이름만 쏙 빼면 어쩌려고 그래."

"아빠!"

누나가 소리쳤다.

"물론 우리 서영이가 그런 속 좁은 사람은 아니지. 예를 들면 그렇다는 것이지."

엄마도 픽 웃고 말았다.

"그래. 내가 저 애 고집을 어떻게 꺾겠어. 마음대로 하려무나. 대신 후회하지는 마."

그러니까 엄마도 막무가내로 자식의 희망을 꺾는 스타일과는 거리가 멀다. 자신의 희망과 다르면 일단 반대를 하기는 하지만, 결국 자신이 양보하는 쪽을 택한다.

졸업을 앞둔 누나가 시민 단체 사무실에서 일을 하겠다고 공표했을 때도 유사한 상황이 벌어졌다.

일단 엄마는 반대했다.

"그건 직업이라고 하기 어렵잖니. 대학 때 봉사하는 것은 모르지만, 넌 졸업을 하고 사회에 나가는 거야. 안정성 있고 커리어를 쌓을 수 있는 직업을 택해야지."

물론 누나가 나온 대학이라면 갈 수 있는 직장은 많다고 했다. 누나는 역시 분명하게 소신을 밝혔다.

"전공 선택할 때 이미 결정한 거였어. 심리학과 사회학 공부해서 인간과 사회를 함께 이해하는 것, 그런 뒤에 시민운동 영역에서 일을 하는 것 말이야."

누나가 확고한 결심을 밝히자 역시 아빠가 지지해주었다.

"인간이란 내면을 가진 한 개인이면서 사회적 존재지. 내면적 심리와 외면적 사회성이 결합하여 한 인간 존재를 형성한다고 할까. 그래서 심리학과 사회학이 만날 수 있을 것이고. 우리 서영이 결심이 그렇다면 아빠는 믿고 지지한다. 대학에서 배운 지식을 잘 활용해서 열심히 해봐. 시민운동, 보람을 찾을 수 있는 일이니까. 뭐 봉급이야 얼마 안 되겠지만. 사실 우리는 경제적으로 이미 많이 소유한 계층이고, 돈을 따지기보다는 우리가 가진 능력을 사회에 환원할 생각을 해야겠지."

이렇게 아빠는 항상 누나를 믿고 지지했고, 그만큼 누나는 아빠를 신뢰하고 따랐다. 그런데, 이번은 예외다. 아빠는 금요일 밤 이후 누나에게 말문을 닫고 있다. 대전에 내려간 뒤에도 누나랑 통화를 한 적이 없었다는 것을 누나의 상태를 통해 알 수 있었다. 항상 합리적이고 이성적인 대화를 중시하는 아빠의 침묵은, 물론 그 자체로 누나의 선택에 동의할 수 없다는 명백한 거부의 표시다. 힘없이 중얼거리는 누나의 말과 창백한 표정이 잘 보여주는 것처럼.

누나는 지금 깊은 상처를 입은 것 같다.

*　　*　　*

라자드를 만나기로 한 시간은 토요일 오후 세 시였다. 장소는 윤호네 아파트 단지에서 걸어서 오 분 정도의 거리에 있는 쇼핑센터 앞 커피숍.

라자드를 만나기로 한 시간이 점점 가까워지면서 윤호의 초조감도 비례해서 커졌다. 더구나 누나는 토요일 오후에 다른 일이 있다고 윤호 혼자 나가라고 했다. 자신이 있으면 방해가 될 수 있다면서, 오히려 둘이서 대화를 나누는 것이 좋을 거라고 덧붙이기도 했다.

도대체 라자드를 만나서 뭘 어떻게 해야 할지 윤호는 막막하기만 했다. 라자드는 한국인을 만나서 친밀감을 쌓고 한국 문화를 이해하고 싶다지만, 윤호는 방글라데시인 라자드와 친밀감을 쌓고 싶지 않고 그들의 문화에 대해서도 관심이 없다. '노! 네버!' 절대 아니다. 솔직히 말해 거부감만 있다. 특히 누나와 연관시켜 생각하면 아예 방글라데시고 라자드고 뭐고 싹 머리에서 지워버리고 싶다. 이런 마음을 먹고 있는데, 방글라데시인 라자드를 윤호가 만나고 싶을 리가 없다. 흥미는커녕 거부감만 있는 상대다. 만나서 무슨 이야기를 하며 어떻게 시간을 보낼 것인지 윤호에게는 이 상황이 아득하기만 한 것이다.

사실 윤호는 목요일 밤, 누나가 방을 나가기가 무섭게 누나를 따라 나가고 싶었다. 그래서 누나의 제안을 거절하고 싶었다. 라자드를 만날 수 없다고 말이다.

하지만, 그럴 수가 없었다. 우선 누나가 정색을 하고 부탁한 것이 처음이라는 생각이 들었다. 윤호 자신은 수없이 누나 도움을 받았는데, 처음으로 누나가 한 부탁이다. 거절하기 쉬운 일이 아니다.

그리고 더 결정적인 이유가 있었다. 윤호가 누나 방에 가서 라자드를 만날 수가 없다고 하면, 이제 누나는 정말 정색을 하고 그 이유를 물어올 것이다. 윤호가 라자드를 만날 수 없는 이유, 라자드를 거부하는 이유 말이다. 엄마는 거부의 태도를 분명하게 밝혔다. 침묵으로 표시한 거지만 아빠도 그렇다. 윤호만 어정쩡한 상태에서 눈치를 보고 있는 중이다. 그런데 이제는 누나 앞에서 라자드에 대한 태도를 분명하게 밝혀야 하는 것이다. 합리적인 이유는 없는 심리적인 거부. 그건 누나가 용납할 수 없는 이유고 윤호는 누나의 매서운 눈초리와 날카로운 추궁을 받을 것이다. 윤호가 누나의 제안을 거절하지 못한 진정한 이유는 바로 이런 상황에 대한 두려움 때문이었다.

'아아, 라자드. 당신은 왜 방글라데시에서 '방콕'해 있지 않고 이 먼 대한민국에까지 와서 평화롭던 우리 집에 바위를 던진단 말인가? 왜 아무 죄도 없는, 이 바쁜 고딩인 강윤호까지 이렇게 괴롭히는 것인가? 그냥 당신네 나라로 조용히 사라져줄 수는 없는가?'

　윤호는 라자드를 만나면 이런 거나 묻고 싶었다. 물론 그따위 질문을 해서는 안 된다는 것쯤은 알고 있지만 말이다.

　마침내 토요일 오후가 되었다.

　윤호가 커피숍에 도착한 시간은 세 시 오 분 전이었다. 천장이 높은 커피숍은 꽤 넓었는데, 빈 테이블이 거의 없을 정도였다. 몇 정류장 떨어진 곳에 있는 대학교의 학생들이 대부분인 것 같았고, 책이나 노트 따위들을 펴놓고 공부를 하는 커플들이 많았다. 고등학교보다 일찍 기말고사를 보는 대학교의 시험 기간이 코앞에 닥친 모양이었다.

　실내를 훑어보았는데 혼자 앉아 있는 검은 얼굴의 남자는 없었다. 라자드는 아직 오지 않은 모양이었다. 빈자리를 찾았지만 마땅한 자리가 없었다. 사방 벽 앞이나 출입구에서 먼 한적한 자리는 이미 다 차 있었다. 남은 두 자리는 카운터 앞, 실내의 중앙에 해당하는 곳에 놓여 있는 테이블이었다.

　윤호는 별수 없이 두 테이블 중의 하나로 갔다. 출입문이 잘 보이는 의자에 앉았다. 재즈 음악에 뒤섞인 수군수군 소곤소곤 말소리가 벽과 천장에 부딪혀서 흩어져 어지러운 파편처럼 귓속을 파고들었다.

　'도대체 이런 장소에서 라자드와 어떻게 대화를 나눈단 말이지?'

　윤호는 아직까지 라자드가 어떤 언어를 구사하는지도 모른다. 누나는 영어 회화가 수준급이니까 라자드도 영어를 할 줄 알아 영어로 하는지, 라자드가 한국말을 할 줄 알아서 한국어로 소통하는 것인지, 그도 아니면 윤호도 모르는 사이에 누나가 라자드의 말을 배워서 서로 대화를 나누는 것인지 말이다. 인터넷을 좀 뒤져보니까, 방글라데시는 공용어가 벵골어고 힌두어와 영어를 쓰는 사람들도 있는 모양이었다.

'어!'

출입문이 열리고 얼굴이 검은 키 작은 사람이 들어오고 있었다.

'라자드다!'

노트북에서 보기도 했지만, 저런 모양새의 사람이 방글라데시에서 온 라자드 말고는 또 있다고 보기 어려웠다. 그만큼 출입문을 들어선 남자의 얼굴은 검었다. 연노랑 반팔 티셔츠를 입고 있는 데다 실내조명이 하얗게 비춰서 더 그런 것 같았다.

윤호는 엉거주춤 일어서서 손을 들었다. 실내로 걸어오던 그 남자가 이를 하얗게 드러내며 웃었다.

"안녕하세요?"

윤호 앞에 온 라자드는 손을 내밀며 우리말로 말했다. 물론 발음은 어색했다.

"예, 안녕하세요?"

당연히 윤호도 우리말로 대꾸했다.

윤호와 라자드는 악수를 하고 마주 앉았다. 라자드는 우리말을 서툴게 하고 영어도 그렇게 잘하는 것 같지는 않았는데, 발음을 들으니 영어가 좀더 익숙한 것 같았다. 그래도 라자드는 우리말로 해보려고 노력을 했는데, 하다 답답하면 영어 단어나 구절이 튀어나오는 식이었다. 따라서 윤호와 라자드의 대화는 주로 우리말로 진행되다가 가끔 영어가 섞이는 식이 되었다.

커피를 주문한 뒤 라자드가 먼저 입을 열었다.

"반가워요. 만나서 정말 반가워요."

윤호도 따라서 반갑다고 대답했다.

"내 이름, 라자드예요."

"강윤호입니다."

"누나, 강서영 씨를 잘 알아요."

윤호는 가만히 있었다.

"윤호 씨 누나, 강서영 씨, 어, 원더풀, 서프라이즈해요."

"미 투."

윤호도 영어로 그렇게 생각한다고 대답해주었다. 누나가 이 라자드에게 강한 인상을 준 것 같았다.

"나, 한국 사람 좋아합니다. 알고 싶어요. 당신 가족, 만나고 싶었어요. 진짜, 마음, 씬시어리."

라자드는 진심으로 윤호네 가족을 만나고 싶었다고 말하고 있었다. 윤호는 당황한 기분으로 물을 마시려는데 셀프로 가져온 물컵이 비어 있었다.

"웨이트 어 모멘트."

윤호는 기다리라고 말하고 카운터 옆 정수기로 가서 컵에 물을 채웠다. 라자드 것도 하나 채웠다.

윤호는 물을 채우면서 생각해보았다. 누나가 저 라자드에게 어떻게 말했는지 모르겠다. 윤호네 집의 상황을 말이다. 아마 엄마 아빠가 자신을 만나기를 거부한다는 사실을 말하지는 않았을 것 같다. 이럴 줄 알았으면 누나에게 대강 상황을 알아오는 건데 난감했다. 누나와는 목요일 밤, 누나가 다시 윤호 방에 와서 오늘의 장소와 시간을 알려준 뒤로는 대화를 나눈 것이 없었다. 식탁에서 마주치기는 했지만, 그런 이야기를 나눌 분위기는 아니었다.

라자드를 윤호네 집에 초대하지 못하는 것은, 굳이 라자드가 묻기라도 하면, 엄마가 아프다든지, 뭐 그런 이유를 적당히 대야 할 것 같았다. 당신이 마음에 안 들어서 초대하지 않는다고 할 수는 없으니까.

물컵을 가지고 왔을 때 라자드는 고개를 빙빙 돌려가며 실내를 구경하고 있었다. 그런데 자세히 보니, 장식이나 인테리어를 구경하는 것이 아니라 테이블마다 가득 찬 손님들을 구경하는 것 같았다. 라자드의 눈에는 짝짝이 머리를 맞대고 앉아, 책을 보고 음악도 듣고 하는 대학생들의 모습이 재미있는 것 같았다.

라자드가 워낙 자세히 관찰하다 보니 눈길이 마주치는 손님들도 꽤 있었다. 라자드는 눈길이 마주치면 이를 다 드러내게 웃으며 손을 세워 흔들어 인사를 했다. '하이!'라는 말은 마주 앉은 윤호는 물론이고 가까운 테이블에서도 들을 수 있을 정도였다. 라자드의 인사를 받은 남녀 대학생들은 킥킥 웃거나, 과장되게 손을 흔들기도 했다.

'라자드 그만둬. 구경거리가 되잖아.'

물론 그 말을 할 수는 없었다.

마침 주문한 커피가 왔다.

커피를 한 모금 마신 라자드가 다시 입을 열었다.

"고등학교 생활, 힘이 들지요?"

"뭐 그렇죠."

"공부 아니고, 다른 일, 흥미? 어, 테이스트, 뭐죠?"

"그냥…… 독서, 리딩."

대답하는데 슬그머니 짜증이 머리를 쳐들었다. 도대체 이게 무슨 짓인지 모르겠다는 생각이 든 것이다. 토요일 오후에 잘 알지도 못하는 방글라데시인 라자드와 마주 앉아 있는 것 자체에 울화가 치밀었다. 윤호는 다시 후회가 치밀어 오르는 것을 느꼈다. 이따위 자리는 처음부터 거절했어야 했다는 때늦은 후회.

라자드의 서툰 우리말에다 윤호의 심리 상태가 이러니 대화가 잘 될 리가 없었다. 라자드가 아무리 대화에 적극적이라 해도 삐걱대고 어긋나고 끊길 수밖에 없었다. 아니, 라자드가 대화에 적극적이라는 것이 더 문제인 것 같았다.

라자드는 월드컵의 응원 열기, 전통문화, 심지어 남북통일 문제 등 지치지 않고 화제를 끌어냈고, 그럴수록 윤호는 불편하고 짜증이 났다. 윤호가 변변한 대답을 하지 않으니까 대화는 계속 토막토막 끊어졌다. 차라리 라자드가 가만히 앉아 커피를 홀짝홀짝 마시고(리필도 되는 집이니까), 가끔씩 방글라데시에 많다는 벵골 호랑이 이야기나 하면 견딜 수 있을 것 같았다. 윤호와 라자드의 대화는 풀려면 더 엉키는 실몽당이처럼 갈수록 더 꼬이고 엉켰다.

윤호는 고개를 돌려 카운터 옆 붉은 벽돌 위에 걸린 시계를 보았다. 세 시 삼십 분을 지나고 있었다. 라자드와 마주 앉은 지 겨우 삼십 분밖에 지나지 않은 것이다. 그런데도 몇 시간이나 마주 앉아 있었던 것처럼 지루하고 힘이 들었다.

윤호는 의자를 뒤로 빼고 주위를 힐끔거렸다. 노골적으로 대화에 흥미가 없다는, 이제 그만했으면 좋겠다는 표시를 그렇게 한 것이다.

마침내 라자드도 윤호의 기분 상태를 눈치챈 것 같았다.

"윤호 씨 바쁜가요?"

라자드가 그렇게 물었을 때 윤호는 반가웠다.

"아, 예. 뭐 과제가 많아서."

한국의 고등학생이 얼마나 정신없이 바쁜지는 라자드도 알 테니까, 더 이상 설명할 필요가 없을 것이다. 사실은 마음에 맞는 친구라든지, 재미있는 게임을 한다면 토요일 오후쯤은 기꺼이 시간을 낼 수 있지만. 아무튼 이 라자드와 마주 앉아 있는 것보다는 수학 문제집을 푸는 편이 나을 것 같았다.

윤호가 이마까지 찌푸리며 과중한 과제에 짓눌려 괴로워하는 표정을 짓자, 라자드가 고개를 끄덕였다.

"아쉽군요. 뭐 다음에, 또 만날 기회, 있겠지요?"

"아, 예."

윤호와 라자드는 커피숍을 나왔다. 초여름의 열기가 서서히 달아오르고 있는 날씨지만 시원하게 느껴졌다.

"어디로 가나요?"

라자드가 물었다.

"아, 집. 집에요."

"예, 서영 씨 아파트요. 내 차 거기 세워뒀어요."

'뭐 서영 씨 아파트? 우리 집?'

그럼 이 라자드가 윤호네 아파트를 알고 있다는 이야기다. 주차까지 해뒀다는 것을 보면 그동안 윤호네 아파트 단지에 자주 드나든 것 같다. 윤호네 집에만 안 들어왔을 뿐이지 코앞에서 왔다 갔다 한 것이다. 뭔가 누나한테 속기라도 한 것처럼 윤호는 기분이 나빴다.

그렇다고 다른 곳으로 간다고 할 수도 없었다. 할 수 없이 라자드와 나란히 아파트 단지를 향해 걸어갔다.

"어, 윤호야."

은지였다. 단지 입구로 들어섰을 때 만화책을 잔뜩 껴안은 은지와 만났다. 일러스트레이터가 꿈인 은지는 만화를 매우 좋아한다. 단지 내 상가에 있는 대여점에 가는 모양이었다.

"어, 어."

윤호 스스로 느끼기에도 자신의 얼굴 색깔이 확 변하는 것 같았다. 하얗게 된 것인지, 빨갛게 된 것인지는 확인할 수 없지만. 은지야 물론 윤호의 표정을 금방 읽었을 것이다. 눈을 동그랗게 뜨고는 윤호 옆에 서서 웃고 있는 라자드를 훑어보았다.

라자드가 먼저 인사를 했다.

"안녕하세요?"

은지가 얼떨결에 따라서 인사를 했다.

"안녕하세요?"

"만나서 반가워요. 윤호 씨 친구? 걸프렌드?"

"예, 걸프렌드. 여친. 오, 예스!"

유머 감각이 상당한 은지는 라자드의 말을 받아넘기며 히히히 웃었다. 물론 윤호는 전혀 웃을 기분이 아니었다.

"이름은요? 난 라자드예요."

"은지. 민은지요."

"은지 씨 만나면서 안녕이군요."

"가시는 거예요?"

"예. 내 차 저기 있어요. 그럼 굿 바이. 씨 유 어게인. 서영 씨한테 참, 즐거웠다고, 말할게요."

라자드는 손을 흔들고 걸어갔다. 은지도 손을 흔들며 대답했다.

"잘 가세요."

윤호는 그냥 굳어 선 채, 멀어져가는 라자드의 검은 뒤통수와 노랑 셔츠만 노려보고 있었다.

"야, 저 사람 누구야?"

은지가 다시 눈을 동그랗게 뜨며 윤호에게 물었다.

"가던 길이나 가셔."

'아, 왜 하필 은지를 만나서 이게 뭐야!' '커피숍에서 조금만 더

일찍 나오거나 늦게 나올걸.' '저 라자드라는 인간은 왜 우리 아파
트에 주차를 하고 난리야!'

그런 불만들이 마음속에서 마구 뒤엉켰다.

"우리 서영 샘, 서영 언니랑 잘 아는 것 같던데."

누나한테 책 읽기를 배운 은지는 누나를 선생님과 언니로 마구
섞어 부른다.

"잘 알기는. 그냥 시민 단체 일하면서 알게 된 사람이야."

"혹시 서영 언니하고 사귀거나 그러는 것 아니야?"

윤호는 버럭 소리를 질렀다.

"야! 말이 되는 소리냐!"

"소리는 왜 지르고 그래. 그냥 해본 말인데. 하기는 우리 서영 샘
을 그렇게 엮어 넣으면 안 되지. 우리 서영 언니가 너무 아깝지. 그
건 그림이 영 아니지."

"야, 시끄럽다니까!"

윤호는 팩 소리를 지르고 말았다.

아홉 시가 넘어서 누나가 집에 들어왔다. 현관문 소리로 알 수 있
었다. 이미 엄마와 아빠는 집에 있으니까 지금 들어올 사람은 누나
이외에는 없다.

누나는 곧 윤호 방으로 들어왔다.

"그렇게 바빴니?"

힐난하는 듯한 목소리도 그렇지만, 윤호를 바라보는 시선이 날카

롭다.

"뭐, 그냥……"

"겨우 삼십 분 앉아 있었다면서."

'뭐야 이건. 라자드인가 하는 그 인간 벌써 그걸 누나한테 고자질한 거야? 그런 거야?'

기분이 나빴다. 윤호도 감정을 담아서 말했다.

"치사하게. 뭐 그런 것까지 이야기하냐."

"얘가 지금. 뭐가 치사하다는 거야. 내가 궁금해하니까 라자드는 널 만난 이야기를 한 것뿐이야. 시간이야 자연스럽게 나왔고."

"만나서 할 이야기가 뭐가 있다고 그래."

"라자드는 네 이야기 듣고 싶었을 거야. 좀 차분히 듣고 이야기도 해주고 그러면 안 되는 거야?"

누나의 목소리는 더 날카롭게 추궁하는 듯 변해갔다. 윤호도 슬슬 짜증이 나기 시작했다. 낮에 라자드를 만나면서 느꼈던 짜증과 울화가 되살아나는 느낌이었다.

"나도 힘들었다고. 말도 잘 안 통하는 사람과 앉아서 이야기하는 것이 쉬운 일이야?"

"네 정도 회화 실력이면 라자드와 영어로 몇 시간이라도 이야기할 수 있어. 그리고 좀 참고 들어주면 우리말로도 얼마든지 이야기할 수 있고. 문제는 그게 아니잖아. 네가 대화를 나눌 생각이 없었다는 것, 그런 성의가 없었다는 것 아니야?"

"그래. 난 그 사람과 차 마시고 이야기할 생각 없었어. 내가 왜 그런 성의를 보여야 하는데?"

누나와 윤호의 대화는 격렬하게 토론을 할 때의 형식을 띠었지만, 목소리나 표정 모두 그것과는 전혀 달랐다.

누나가 입술을 꽉 깨물었다 놓더니 시선을 벽 쪽으로 돌렸다.

"누나가 처음 해본 부탁인데? 그런데도 전혀 성의를 보일 수 없었다고?"

'난 이따위 부탁은 정말 받고 싶지 않았어. 다른 것은 몰라. 내가 왜 그 라자드를 만나야 하냐고.'

윤호가 말이 없자, 누나는 여전히 벽을 본 채 물었다. 목소리가 갑자기 가라앉아 좀 낯설게 느껴졌다.

"그동안 남겨뒀는데, 이제 윤호 너한테 물어야겠다. 네 생각은 뭐지? 엄마나 아빠는 거부했어. 내가 그 사람과 사귀는 것을 이해하기도 인정하기도 모두. 윤호 너는 어떻게 생각하는 거야? 말해봐."

"왜 그 사람과 사귀어야 하는데?"

누나가 시선을 돌려 윤호의 눈을 보았다. 좀 어이가 없다는 표정이었다.

"그건 내 물음에 대한 대답이 아니야. 하지만 네가 물었으니 대답할게. 난 라자드를 인간으로 남자로 존중하고 사랑해. 그래서 사귀는 거야. 이제 됐니?"

누나가 라자드를 존중하고 사랑한다는 말을 하자, 윤호의 눈앞에 쓰윽 떠오르는 장면이 있었다. 낮에 은지와 셋이 만났던 장면이다. 머리꼭지로 뜨거운 열기가 팍 솟아오르는 것 같았다. 윤호의 목소리에 잔뜩 짜증이 들어갔다.

"누나가 그 사람 사귀는 것, 내가 왜 이해하고 인정해야 하지? 그냥 사귀면 될 것 아니야?"

"너와 난 같이 사는 가족이니까. 가족에게 일어나는 의미 있는 일을 이해하고 또 인정해주는 것은 아주 중요하니까. 가족에게까지 이해받지 못하고 인정받지 못한다는 것은 너무 힘들지 않겠니. 그럼 왜 가족이라는 이름으로 같이 살아야 하지? 내 말이 틀린 거야?"

누나 말이 틀렸다고 할 수는 없었다. 하지만, 윤호의 감정은 누나 말이 타당하고 안 타당하고를 가릴 상태가 아니었다. 누나하고 라자드라는 그 방글라데시 남자 이야기를 더 이상은 하고 싶지도 않았다. 생각만 해도 '세상의 모든 짜증'이었다.

누나가 다시 말했다.

"넌 아직 내 질문에 대답을 하지 않은 것 같은데. 짐작할 수는 있지만, 명확한 의사를 주고받는 것이 대화의 예의지."

윤호는 이제 안 되겠다는 생각이 들었다. 자신의 의사를 분명하게 밝혀버려야 끝이 날 것 같았다. 그래야 방글라데시의 라자드를 윤호와 누나 사이의 대화에서 떨쳐낼 수 있을 것 같았다.

윤호는 누나의 시선을 맞받으며 말했다.

"대화에서 솔직히 말하는 것이 최선이라고 했지?"

"그래. 당장은 힘이 들더라도 그래야 하지."

"난 그 사람, 라자드라는 사람 싫어. 누나가 그 사람 사귀는 것 싫어. 기분 나빠! 이해하고 싶지도 인정하고 싶지도 않아! 이게 내 솔직한 마음이야."

"이유가 뭐야?"

누나가 차가운 목소리로 물었다. 윤호도 이제 참기 힘든 기분이
되어 소리쳤다.

"꼭 이유가 있어야 돼? 그냥 싫어!"

입술을 꼭 깨문 누나는, 윤호의 얼굴을, 그리고 눈을 바라보았다.
윤호는 누나의 시선을 피해 벽을 보았다. 한참 동안 숨소리도 없던
누나가 입을 열었다.

"이유가 없지는 않겠지. 알았다. 네 의사를 분명하게 밝혀준 점
은 고맙다."

누나는 방문을 열고 나갔다.

잠시 후였다.

'쾅!'

윤호의 방문이 울릴 정도로 큰 소리가 거실을 울렸다. 현관문이
거세게 닫히는 소리였다.

윤호가 누나를 만나러 간 것은 누나가 집을 나간 지 이 주일이 지
난 뒤였다. 그날, 현관문을 거세게 닫고 누나는 집을 나가버린 것이
다. 윤호 방에 와서 따지기 전에 이미 가방을 싸두었던 것 같았다.
윤호의 생각을 추궁한 것은 아마 집을 나가기 전의 최종 절차 같은
것이었는지도 모른다.

누나가 남겨둔 메모에는 불광동에 있는 혜미 누나에게 가 있겠다

고 적혀 있었다. 지방에서 고등학교를 마치고 대학 때 올라와서 누나와 친해진 혜미 누나는, 직장을 다니며 불광동에 있는 원룸에 혼자 사는 걸로 윤호도 알고 있다.

누나가 집을 나간 뒤 윤호는 누나에 대해 많은 생각을 했다. 처음으로 누나와 떨어져 지내는 시간을 맞이했으니까.

머릿속은 여전히 혼란스러운 상태지만, 한 가지 확실한 것은 있었다. 누나를 만나서 사과를 해야 한다는 것. 라자드를 좋아하고 누나의 남자로 인정할 수는 없다 하더라도, 그런 식으로 누나의 선택을 무시한 것은 분명 문제가 있었다는 생각이었다. 라자드의 존재를 알게 된 뒤부터 무조건 무시하고 거부했으니까. 일단 그 점은 미안하다고 사과해야 한다는 생각이었다.

토요일 오후, 누나는 혜화동에 있는 사무실 앞 커피숍으로 약속 장소를 정했다. 누나가 먼저 나와 있었다.

"누나 없으니까 편했지?"

누나는 윤호가 앞에 가서 앉자 불쑥 물었다. 말은 그렇게 했지만, 목소리는 부드러운 편이었고 눈도 슬며시 웃고 있었다.

"사과하러 왔어."

"사과?"

"라자드를 무조건 무시한 것. 말도 안 되게 우긴 것."

"그래서 나한테 미안해?"

"그래, 미안해."

누나가 고개를 끄덕이며 말했다.

“일단 네 사과는 받아들인다. 하지만……”

누나가 말을 끊으며 윤호의 얼굴을 물끄러미 들여다보았다.

“뭘?”

윤호가 물었다.

“윤호 네 마음속에서 여전히 라자드는 검고 가난한 나라의 라자드지?”

“무슨 말이야?”

“말뜻 그대로야. 잘 생각해봐. 네 숙제라고 받아들이면 좋겠네. 머리로 풀기는 좀 쉽지만, 몸과 마음으로 해결하기에는 아주 어려운 숙제.”

윤호는 누나를 만나고 온 뒤로 가끔씩 누나의 ‘숙제’를 생각하게 되었다. 누나 말대로 머리로는 별로 어렵지 않게 이해가 됐다. 윤호 마음속의 ‘검고 가난한 나라의 라자드’가 무엇을 의미하는지. 아마 누나는 윤호가 그 마음속 라자드에게 갇혀 있다는 말을 하려고 했을 것이다. 그래서 진짜 라자드를 보지 못한다는 것을 말이다.

그렇게 머리로는 이해가 됐지만, 역시 누나 말대로 몸과 마음으로 해결하기는 어려운 것 같다. 라자드를 생각하면서 그 검은 얼굴과 가난한 나라를 지워버릴 수는 없으니까. 정말 어려운 문제 같다.

아무튼 한때 화기애애하던 집 분위기는 좀 과장해서 표현하면 삭막한 사막처럼 바뀌었다. 두 달 가까이 지나도록 누나는 들어오지 않고 있다. 물론 엄마와 아빠의 태도도 변하지 않았다.

늦은 밤, 물이라도 마시려고 거실에 나가면 마치 썰렁한 모래바
람이 불어오는 것 같기도 하다. 따뜻한 햇빛과 푸른 나무가 자라나
는 것 같던 윤호네 집은, 갑자기 나타난 라자드가 준 충격으로 조각
조각 나버린 것 같다.
마치 레고로 만든 집처럼.

괴물 연습

흰 종이처럼 텅 비어 있는 모니터 화면.

나는 여전히 바라보고만 있다. 벌써 삼 일이 지났다, 이렇게 컴퓨터만 켜놓고 한 글자도 치지 못하고 보낸 시간이.

내가 쓰려는 이 글을 뭐라고 불러야 하나? 편지, 메일. 잘 모르겠다. 그런 글이라면 보내고 받아서 읽고, 그런 과정이 있어야 하는데…… 이 글은 쓰더라도 보낼 수 없고, 읽을 사람이 없다.

그럼에도 불구하고, 나는 쓸 것을 결심했다. 너에게 내 마음을, 미안함이나 어쩌면 죄책감으로까지 느껴지는 무거운 내 마음을, 이런 형식으로라도 전해야 한다고 생각한 것이다.

그런데, 하루, 하루, 또 하루, 지난 삼 일 동안 텅 빈 화면을 보면서 나는 점점 알 수 없게 되었다. 내가 왜 이 글을 쓰려고 하는

지? 너에 대한 마음을 꼭 이런 식의 글로 써야 하는 것인지? 오히려 그런 마음은 내 가슴속에 간직하고 있어야 하는 것은 아닌지? 그렇게 간직하고 있으면 되는데, 내가 이렇게 쓰려고 하는 이유는 무엇인지?

도대체 왜 나는 끙끙대며 이렇게 긴 시간 동안 화면을 노려보고 있어야 하는지?

"그래, 글이 어디 쉽게 써지겠니. 쉬어가면서 해."

오전에 당근 주스를 들고 내 방에 들어온 엄마는 빈 화면을 들여다보고 그렇게 말했다. 엄마는 지금 내가 독후감이나 감상문 쓰기 같은 방학 과제를 하는 줄 알고 있다. 컴퓨터 옆에는 소설책을 잔뜩 쌓아놓고, 한 권은 펼쳐놓기까지 했으니 그렇게 생각하는 것이 자연스럽기는 하다.

"책을 많이 읽어두면 다른 과목에도 도움이 된다더라. 1학년이니까 기초 체력을 튼튼하게 다지는 것이 좋지. 역시 특별한 애들이 모인 학교니까 공부시키는 것도 다른 것 같네."

어제 오후, 과일을 들고 들어온 엄마가 한 말이다. 엄마는 지금, 충격을 빨리 털어내고(물론 엄마의 판단으로), 하루 종일 책상에 앉아 학교 숙제에 매진하는 내가 대견하다 생각하고 있을 것이다.

방학 전날, 나는 학교 기숙사가 아니라 집에서 겨울방학을 보내겠다고 했다. 엄마는 상당히 걱정스러운 얼굴이 되어 말했다.

"글쎄. 네 마음은 이해하지만, 아무래도 학교에서 공부하는 것이 좋지 않겠니. 그 애들은 계획에 맞춰 규칙적으로 공부할 것이고, 학교에서 제공하는 자료도 많을 것이고."

나는 그런 자료들은 학교 홈페이지에서 모두 다운 받을 수 있다고 했다.

"어디 자료뿐이겠니. 아무래도 학교는 공부하는 환경이 좋지. 기숙사나 도서관 난방 시설도 완벽하잖아. 지난번 갔을 때 보니까 깨끗하기도 하고. 공부나 생활 모두 선생님들이 잘 관리해줄 거고. 같이 경쟁하는 애들이 있으니 마음이 풀어질 염려가 없고……"

나는 앉아 있던 의자를 돌려 엄마와 등진 자세를 만들었다. 엄마가 한숨을 푹 내쉬었다.

"알았다, 알았어. 집에서도 열심히 공부하면 되겠지. 내가 담임 선생님한테 전화해줄게."

우리 학교, 그러니까 K외고는 방학 중에 기숙사 생활과 집에서 생활하는 것 중에서 선택할 수 있다. 선택을 하기는 하되, 그 선택은 학생 스스로 하는 것은 아니다. 부모가 동의를 분명하게 해야 한다. 그리고 1학년에 한해서 그렇다. 2학년부터는 모두 기숙사 생활과 함께 주요 과목 보충 수업을 해야 한다.

엄마는 방학을 집에서 보내는 문제를 나한테 양보하기로 마음을 먹은 모양이었다. 이 정도로 내가 '정우 사건'(엄마의 표현이다)에서 벗어난다면 다행이라고 생각하고 있을 것이다. 방학이 시작되자마자 책을 잔뜩 쌓아놓고 컴퓨터도 켜놓은 채 책상에 꾹 박혀 앉아 있는 것을, 엄마는 내가 그 사건의 충격에서 벗어나려 나름대로 노력을 하고 있다고 평가하는 모양이다. 그래서 발소리나 말소리도 조심조심하고 있을 것이다.

내가 그 전화를 받은 것은 모의고사가 끝난 금요일 밤이었다. 사일 동안 전 과목을 보는 학기말 고사를 치렀다. 이틀 간격을 두고 또, 학교에서 자체적으로 실시하는 언어·외국어·수리 영역 모의고사를 하루에 다 보았다. 일반고 애들과 같이 보는 전국적인 규모의 모의고사보다 한층 난이도가 높은 것이었다. 이 주일이나 이어지는 강한 스트레스였다. 시험이 끝났을 때는 몸이고 머리고 완전히 방전된 전기 제품 같은 느낌이었다.

시험을 끝내고 금요일 오후에 집에 왔다. 우리 외고는 기숙사 생활을 하기 때문에 주말에만 집에서 지내게 된다. 놀토가 있는 주말에도 학교에서 자습을 하고 토요일 오후에 집에 오게 되지만, 이번에는 모의고사가 끝난 데다 다음 주 수요일부터 겨울방학에 들어가므로 학교에서 특별하게 금요일 귀가를 허락한 것이다.

"정말 고생했지. 많이 먹어. 결국에는 체력 싸움이라더라."

엄마가 백화점에서 사왔다는 토종닭 다리를 찢어 내 접시에 올려 놓으며 말했다. 굵은 인삼이 여러 뿌리 들어간 닭백숙이 저녁 식사의 주 메뉴였다. 아빠가 회사에서 회식이 있다고 아직 귀가하지 않아서 식탁에 앉은 사람은 엄마와 나, 두 사람이었다.

닭다리 하나를 먹고 엄마가 소금에 찍어준 가슴살을 먹은 뒤 죽을 먹었다. 백숙, 특히 대추와 인삼을 많이 넣어서 달콤하면서도 쌉쌀한 엄마표 백숙은 내가 좋아하는 음식인데, 그날은 크게 당기지 않았다. 시험에 너무 시달린 탓인지 머릿속은 모래가 가득 들어찬 것처럼 무거웠고 입안도 모래알들이 굴러다니는 것처럼 깔깔했다. 빨리 이불 속으로 들어가 세상모르게 뻗어버리고 싶었다. 엄마가 고기를 더 주려는 것을 싫다 하고 죽을 먹었다.

죽 한 공기를 거의 다 먹었을 때였다. 엄마가 말했다.

"저거 네 핸드폰 소리 아니니?"

맞다. 내가 좋아하는 걸 그룹의 노래가 내 방문 틈으로 흘러나오고 있다. 나는 숟가락을 놓고 방으로 들어갔다. 핸드폰은 무지갯빛을 내쏘면서 노래하고 있다.

……어디 있니 네 마음? 보여줄 수 있니 네 사랑

정우. 핸드폰 창에 떠 있는 발신인의 이름은 정우였다.

'아, 메일 답장했어야 했는데. 벌써 며칠이나 지났을 거야……'

나는 아마 그런 생각을 하면서 폴더를 열었을 것이다. 그리고 말했다.

"응, 정우야."

그런데, 아무 말이 없었다. 전화가 끊어진 것은 아니었다. 바람 소리처럼 숨을 훅 들이쉬는 소리가 흘러나왔던 것이다.

'이 녀석이 무슨 장난을 치나.'

이런 식으로 장난을 치는 애가 아니라는 생각을 하면서도 나는 목소리를 높였다.

"야, 뭐야? 너 장난해?"

이번에는 숨을 길게 내쉬는 소리였다. 그리고 말을 한 사람은 정우가 아니었다.

"수형이니?"

정우 엄마였다. 전화를 통해 들려오는 목소리지만 금방 알 수 있었다. 나는 중학교 때까지 정우네 집에 자주 놀러 갔었다. 일요일에 정우 엄마가 끓여주는 칼국수도 많이 먹었다.

"예, 어, 어머니세요?"

정우 엄마라는 것은 알았지만 나는 당황했다. 이런 식으로 정우 엄마가 나한테 전화를 걸어올 거라고는 전혀 생각하지 못했던 것이다. 더구나 같은 학교에 다니면서 날마다 어울리는 중학교 때도 아닌데 말이다.

"그래, 정우 엄마야."

나는 정우 엄마 목소리가 심하게 떨리고 있다고 느꼈다. 이를 악물고 힘을 줘서 무엇인가 강하게 누르고 있을 때, 파르르 떨리는 두 팔의 근육처럼. 그런 긴장감이 느껴져서 나는 입을 다물고 숨을 죽였다.

"수형아."

정우 엄마가 그런 목소리로 다시 내 이름을 불렀다.

"예."

아마 내 목소리도 떨리고 있었을 것이다. 무언가 무서운 일이 벌어졌다는 것을 나는 어렴풋하게나마 느낄 수 있었다.

"정우가, 우리 정우가……"

"정우가, 왜요?"

"떠났다!"

"예?"

'떠나? 정우가? 이게 무슨 말이지? 뭐? 설마!'

머리의 피가 싸악 목 아래로 빠져버리는 것 같았다. 눈앞이 뺑 돌고 어지러웠다.

"우리 아들, 불쌍해서, 불쌍해서 어떡하니……"

말이 끊어졌다. 그리고 내 귀로 울음소리가 와르르 쏟아져 들어왔다. 안간힘으로 누르고 있던 것이 터져 나온 것 같았다. 울음 사이사이, 불쌍한 내 아들, 어떡하니, 같은 토막말이 물속에 빠져 허우적대는 사람의 머리처럼 솟아오르고는 했다.

나는 멍하니 서서 그 소리들을 듣고 있었다. 그 소리들이 내 귀로 쏟아져 들어오는 것처럼 가깝게 들렸다가 아득하게 멀어지기도 했다.

얼마나 그렇게 서 있었을까.

눈앞이 노랗게 변하면서 구역질이 치밀었다. 견딜 수 없었다. 나는 핸드폰을 침대에 던지고 화장실로 달려갔다. 변기에 목을 꺾고 저녁에 먹은 백숙을 모두 토해냈다.

*   *   *

정우야

나는 내가 쳐놓은 세 글자를 바라보고 있다. 모니터 옆 탁상시계를 보니 벌써 삼십 분이 넘게 흘렀다. 다음을 어떻게 이어야 할지, 무슨 말을 해야 할지, 머릿속이 텅 빈 화면처럼 아무 생각도 떠오르지 않는다.

내가 왜 이 글을 쓰려고 하나? 왜 이렇게 컴퓨터 앞에 죽치고 앉아 헤매고 있나?

그런 의문이 점점 커지지만, 비례해서 써야 한다는 생각이 더 강해져가는 것을 느낀다. 그 생각은 절박할 정도이다. 저 뒤쪽 어둠 속에서 쫓아오는 것이 있고, 나는 그것의 정체도 모르면서 허겁지겁 도망치는 느낌이다. 그런 기분으로 써야 한다는, 이 글을 끝내야 한다는 결심을 집요하게 되풀이하고 있다.

정우의 메일을 받은 그날, 바로 답장을 했더라면 지금 이런 글을 쓰지 않아도 될까?

모르겠다. 아무튼 그날은 너무나 바빴다. 대충 훑어보듯이 정우의 메일을 읽어보기는 했지만, 답을 할 정신이나 여유는 정말이지 없었다. 다음 날부터 시작되는 학기말 고사가 기다리고 있는 판국이었으니까. 더구나 인문계를 주로 지망하는 우리 외고생들의 내신에 결정적인 영향을 미치는 영어 과목이 첫날에 있어서 더 신경이 쓰였다.

잠깐 훑어본 정우의 메일은 2학기에 간간이 보내던 내용과 크게 다르지는 않은 것 같았다. 좀 다른 느낌이 있기는 했다. 전에 보내던 것들에 비해 짧았는데, 하고 있는 이야기는 아주 길다는 느낌이었다. 뭔가 답장을 해야 한다는 생각도 잠깐 들기는 했다. 그러나

나는 망설이지 않고 로그아웃한 뒤, 영어 문제집을 펼쳤다.

방문을 가볍게 노크하는 소리가 들렸다. 나는 재빨리 '정우야'를 지우고 자판을 두들기기 시작했다. 옆에 펼쳐놓은 소설의 문장을 그냥 옮기는 거다.

바람이 바다 쪽에서 사납게 불어왔다. 성난 바람이 일으켜 세운 물결이 질주하는 군마(群馬)의 휘날리는 갈기처럼 하얗게 몰려오고 있었다. 방파제를 덮친 파도의 포말이 눈보라처럼 허공으로 날아갔다.

문이 열렸다. 어제처럼 텅 빈 화면을 보여주면 엄마가 이상하게 생각할 수도 있었다. 벌써 사 일째니까. 엄마의 간섭을 피하려면 이런 모습이라도 보여주어야 한다. 예상대로 과일 쟁반을 든 엄마가 들어오고 있었다. 엄마의 입꼬리로 미소가 흘렀다.

"쉬었다 하렴."

"좀 있다 먹을게."

나는 고개를 돌리지 않고 계속 자판을 두드렸다.

그는 시선을 바다 쪽에 못 박고 온몸으로 바람을 맞았다. 바다는 깊은 상처를 입은 짐승처럼 우우우우우 울부짖고 있었다.

"그래. 저녁은 병어조림 할 건데 괜찮지? 마트 갔더니 병어가 싱싱해서 사왔어."

"응."

쟁반을 내려놓은 엄마가 나갔다. 나는 손을 멈추고 지우기를 실행해서 베낀 문장을 삭제했다.

그리고 다시 한 글자 한 글자, 자판을 쳤다.

정우야

그리고 한 문장이 떠올랐고, 나는 쳤다.

우리가 처음 만난 날이 떠오른다.

왜 이 문장이, 그러니까 그 생각이 떠올랐는지 모르겠다.

이제는 단순한 답장 같은 글이 될 수 없으니까, 내 마음속의 너와 나누는 마지막 대화 같은 것이니까, 우리가 처음 만난 그날이 생각난 걸까? 그럴 수도 있겠다.

그래 그날, 우리 집이 이사 오던 날, 우리가 만났던 놀이터의 풍경이 선명하게 떠오른다.

지방의 지사에서 지점장으로 근무하던 아빠가 본사로 발령 받아 우리는 신도시로 이사를 오게 되었다. 내가 초등학교 3학년이던 해 유월 초였다.

토요일 오후, 우리는 아빠 승용차를 타고 새집으로 왔다. 아빠가 근무하던 지방에서 네 시간이 넘게 걸리는 거리였다. 먼저 출발한 트럭은 이미 도착해서 이삿짐을 거의 다 들여놓고 기다리고 있었다. 우리는 오는 길 중간쯤인 충청도에 있는 시골 외할아버지 집에 들러 점심을 먹고 오느라 늦은 거였다.

"수형아, 너 나가 놀고 있어. 요 앞 놀이터 있더라. 멀리 가지는 말고. 자, 아이스크림 값."

엄마가 천 원짜리 한 장을 주면서 말했다.

장롱이나 냉장고, 책장 같은 큰 물건은 아저씨들이 옮겨놓고 갔지만, 아직 거실이나 안방, 주방에는 갖가지 물건이 어지럽게 널려 있었다. 아빠와 엄마가 정리해야 할 몫이었고, 내가 방해가 될 터였다. 나는 초등학교 3학년이었지만, 물론 그 정도는 짐작할 수 있었다.

"대강 정리 끝나면 데리러 갈 테니까 놀이터에서만 놀아."

"알았어, 아빠."

나는 먼저 단지 안 마트로 달려갔다. 이사 오기 전 살았던 지방의 집도 아파트였기에 단지 안 마트는 쉽게 찾을 수 있었다. 오백 원을 주고 아이스크림을 사서 놀이터로 갔다. 햇빛이 화창한 초여름 날씨였다. 아직 더울 정도는 아니었는데 햇살이 좀 따가워서 그런지 놀이터는 비어 있었다. 아주 빈 것은 아니었다. 놀이터 구석 소나무 그늘 아래에서 유치원생으로 보이는 남자아이 둘이 모래 장난을 하고 있었다. 시소나 미끄럼틀 같은 놀이기구는 우리가 살던 단지 놀이터보다 더 새것 같았다.

"주변 환경 잘 정리돼 있을걸. 삼 년 전에 단지 조성되었다니까."

어제 저녁 식사 시간에 아빠가 한 말이 생각났다.

나는 아이스크림을 빨면서 벤치로 걸어갔다. 어차피 아빠가 데리러 올 때까지는 놀이터에서 시간을 보내야 한다.

'동화책을 가져올걸. 박스 속에 있을 건데.'

그런 생각을 했지만, 그냥 벤치에 앉았다. 아까 거실에서 본 풍경이 떠올랐던 것이다. 박스가 겹겹이 쌓여 있어 내 동화책이 든 박스가 어느 것인지 찾기도 쉽지 않을 것 같았다.

"너 누구야?"

주변의 아파트들을 올려다보며 아이스크림을 먹고 있는데, 등 뒤에서 목소리가 들렸다. 나는 고개를 돌렸다. 언제 나타났는지 남자아이가 하나 서 있었다. 청바지에 파란색 티셔츠를 입은 그 아이는 나를 똑바로 바라보며 다시 물었다.

"너 여기 살아?"

나는 일어서며 대답했다.

"오늘 이사 왔어."

대답을 하면서 보니까 그 아이는 나보다 키가 십 센티미터 정도는 큰 것 같았다. 호리호리한 나와 달리 팔도 굵고 몸집도 컸다.

'4학년이나 5학년인 모양이지.'

슬그머니 어깨가 처지고 그 아이의 눈치를 보게 되었다.

그 아이는 내가 앉았던 벤치에 털썩 앉으며 내 손에 든 아이스크림을 보았다. 그 순간 바지 주머니에 들어 있는 오백 원짜리 동전이 생각났다. 나는 은근히 이 덩치 큰 아이에게 잘 보이고 싶었다.

“내가 아이스크림 하나 사줄까?”

내 말에 그 아이가 고개를 갸웃했다.

“왜? 너 나 모르잖아.”

나는 좀 당황했다.

“응, 그냥. 너 여기 살잖아?”

“그래. 저기 205동.”

그 아이가 손을 들어 가리켰다. 나는 우리가 이사 온 집이 몇 동인지 아직 모르고 있었다. 나는 저만큼 떨어져서 비스듬하게 서 있는 우리 동을 가리켰다.

“우리 집은 저기야.”

내 손가락을 따라 시선을 돌린 그 아이가 말했다.

“502동이야. 우리 동 번호를 뒤집으면 되네. 신기하다. 그런데 너 이름은 뭐냐?”

“응, 김수형. 너는?”

“나는 윤정우.”

녹은 아이스크림이 내 손등으로 흘러내렸다. 나는 급하게 녹은 부분을 빨아 먹었다. 그 아이의 눈길이 다시 내 아이스크림에 쏠리는 것을 느낄 수 있었다. 나는 입안의 아이스크림을 삼키고 말했다.

“이제 나도 여기 이사 왔으니까 아이스크림 사줄게. 오백 원 남았거든.”

그 아이가 고개를 끄덕였다.

“그럼 그래.”

나는 마트로 달려가서 아이스크림을 사왔다. 아이스크림을 먹은 그 아이는 집으로 달려가서 만화책을 한 아름 가져왔다. 우리는 아빠가 부르러 올 때까지 만화책을 보느라 시간 가는 줄 몰랐다.

다음 날.

나는 밤색 양복을 입은 새 선생님을 따라서 복도를 걸어갔다. 전학 온 학교라 모든 것이 낯설어서 마치 끌려가는 염소처럼 고개를 푹 숙인 채였다. 선생님이 '3-5'라고 쓰인 아크릴 판 밑 교실 문을 열자, 아이들이 떠드는 소리가 와그르르 쏟아져 나왔다.

"자, 조용. 조용히!"

선생님이 교탁을 막대기로 몇 번 내리치고 나서야 소음은 가라앉았다.

"새로운 친구가 전학 왔다. 응, 이리 올라와라."

교탁 옆에 엉거주춤 서 있던 나는 비척비척 교탁 위로 올라갔다. 여전히 고개를 푹 숙인 채였다.

"자 인사해야지."

"어, 치, 친구들……"

말이 자꾸 목 안으로 말려 들어갔다. 선생님이 굵직한 목소리로 말했다.

"자, 고개 들고 또렷하게 자기를 소개해봐."

나는 목에 힘을 줘서 가까스로 고개를 들었다. '어!' 내 눈에 쏙 들어오는 아이가 있었다. '그 아이!' 어제 놀이터에서 같이 놀았던 그 아이가 있었던 것이다. 창가 쪽 분단 맨 뒤에 앉은 그 아이가 활짝 웃으며 손까지 흔들고 있었다.

똑, 똑, 똑.

방문에서 조심스런 노크 소리가 들리고 이어서 엄마 목소리가 흘러들었다.

"수형아, 저녁 먹어."

안 나가면 계속 채근을 받아야 할 것이다.

"알았어요."

나는 모니터에 덩그렇게 떠 있는,

정우야

우리가 처음 만난 날이 떠오른다.

두 줄의 글을 삭제하고 일어섰다.

아빠는 아직 들어오지 않았고, 엄마와 마주 앉아서 저녁을 먹었다.

엄마는 요즘 내 눈치를 많이 본다. 평소에도 신경을 많이 쓰지만, 신경을 쓰는 것과 눈치를 보는 것은 다르다. 지금도 그렇다. 평소에는 이것저것 많이 묻고, 내 대답이 시원치 않으면 꼬치꼬치 캐묻는다. 하지만, 지금은 그냥 숟가락질을 하고 있을 뿐이다.

정우 엄마의 전화를 받은 그날 밤, 화장실에서 위 속에 든 것을 다 토해내고 밖으로 나오자 엄마가 눈을 한껏 크게 뜨고 서 있었다.

"왜 그래? 무슨 일이 났니?"

"나, 지금, 가봐야, 해."

나는 토막토막 끊어져서 겨우 목을 넘어오는 목소리로 말했다.

"왜 그런데?"

나는 돌아서서 내 방으로 걸어갔다. 엄마가 따라오면서 목소리를 높였다.

"애가 정말, 엄마 답답하게 왜 그래? 무슨 일인데?"

"정우가……"

"응? 정우가 왜?"

"정우가, 정우가, 잘못됐대."

"뭐! 정우가 왜?"

엄마가 외치듯이 물었다.

"몰라."

엄마가 다시 스스로에게 묻듯이 말했다.

"아니, 그 애가 왜?"

갑자기, 둑이 터져서 물이 쏟아져 나오듯이, 무언가 가슴속에서 솟구치는 것을 느꼈다. 나는 목이 찢어져라 소리쳤다.

"몰라! 나도 몰라! 나도 모른단 말이야!"

정말, 나는 정우가 어째서 그런 무서운 결심을 하고 실행에 옮겼는지 모른다. 내게 보낸 메일들을 샅샅이 읽어보아도 그 이유를 정확히 알 수가 없다. 학교생활에 싫증을 느끼고, 성적이나 진로 모두 고민이 많았다는 것 정도를 짐작할 수 있을 뿐이다. 하지만 그거야 우리 나이의 청소년들이라면, 차이는 좀 있겠지만, 대개 하고 있는 고민일 것이다.

결국 정우는 내게 자신의 속마음을 털어놓지 않은 것이다. 한때는 아무 비밀도 없었던 사이였는데, 나는 정우가 왜 그런 극단적인 선택을 했는지 정말 몰랐다.

"수형아. 왜 우리 정우가…… 제일 친한 친구였으니까, 너는 아니?"

그날 밤 택시를 타고 병원 영안실로 갔을 때였다. 내 어깨를 붙잡고 정우 엄마도 그렇게 물었다.

나는 아무 대답도 할 수 없었다.

*　　*　　*

숨이 턱까지 차오른다. 허벅지가 터질 듯이 뻐근하다.

하지만 나는 멈추지 않는다. 이를 악물고 더 강한 힘으로 페달을 밟는다. 어둠을 밀어내는 가로등이 쉭쉭 등 뒤로 사라진다. 밤의 공원에는 띄엄띄엄 걷는 사람들뿐 자전거 도로는 텅 빈 상태다.

저 앞의 커브가 빠른 속도로 달려든다. 핸들을 꺾었다. 순간, 도로에 놓인 돌멩이 하나가 눈에 확 뛰어든다. 약간만 핸들을 틀면 피할 수 있다. 그런데, 나는 확 핸들을 꺾어버렸다. 자전거가 휙 쏠리면서 균형을 상실했다. 나는 고꾸라지는 자전거와 함께 내동댕이치듯 앞으로 쓰러지고 말았다.

넘어지면서 자전거에 오른쪽 다리가 강하게 부딪혔다. "악!" 정강이뼈가 부서질 것처럼 아팠다. 눈물이 쑥 나올 정도였다. 나는 옆으로 쓰러진 상태 그대로 정강이뼈를 부여잡고 신음했다.

한참 지나자 다리의 통증이 어느 정도 사라졌다. 나는 왼쪽 다리에 힘을 줘서 일어섰다. 오른쪽 다리로 디디자 쑤시는 듯한 통증이 몰려왔다. 다리를 옮겨 디딜 때마다 통증이 몰려와서, 자전거에 의지해서 절뚝거릴 수밖에 없었다.

왜 넘어질 정도로 핸들을 꺾었는지 모르겠다. 간단하게 돌멩이를 피할 수 있었는데 바보처럼 넘어지고 만 것이다. 하지만, 멍청이처럼 행동하고 다리는 쑤시는데도 이상하게 마음은 좀 가벼운 것 같았다.

나는 자전거를 끌고 절뚝거리며 공원 입구를 향해 걸어갔다.

저녁을 먹고 한 시간 정도 컴퓨터 앞에 앉아 있다가 자전거를 끌고 나왔다. 힘껏 페달을 밟으며 공기라도 들이마시면 좀 답답함이 풀릴 것 같아서였다.

단지 앞까지 와서 자전거를 세워놓고 편의점으로 들어갔다. 캔 커피를 하나 사서 창 앞에 앉았다. 바지를 걷고 다리를 보니 정강이가 시퍼렇게 멍이 들고 검붉은 피가 배어나와 있었다.

나는 바지를 내리고 캔 커피를 따서 한 모금 마셨다. 커다란 창 저쪽 동백나무 뒤로 불을 밝힌 아파트의 창들이 올려다보였다.

이 편의점은 정우와 내가 중학교에 다닐 때 자주 들렀던 곳이다. 하굣길에 군것질을 하러, 학원이 끝나는 밤이면 컵라면을 먹으러, 그리고 가끔씩 캔 커피를 사서 어른들처럼 홀짝거리기도 했다.

3학년 때 그렇게 한 반으로 만난 뒤, 우리는 초등학교 내내 단짝 친구가 되었다. 베프 중의 베프. 4학년, 5학년 때는 다행스럽게 같은 반이어서 항상 붙어 다녔고, 6학년 때는 반은 달랐지만, 시간만 나면 같이 있었다. 영어나 수학 학원은 물론이고 단지 앞 기타 학원도 같이 다녔다.

아파트 단지 옆의 길 건너 같은 중학교로 배정을 받은 날, 우리는 용돈을 털어 피자 파티로 자축을 했다. 우리 초등학교 아이들 칠십 퍼센트가 그 중학교로 배정을 받았기는 하지만, 정말 복권에 당첨이라도 된 기분이었다. 물론 당첨된 적은 없지만.

1, 2학년 때는 모두 반은 달랐지만 그건 상관없었다. 쉬는 시간에는 휴게실, 점심 때는 운동장 등, 우리는 학교 어디에서든 항상 만나다시피 했다. 물론 학교 밖에서야 말할 것도 없었다. 우리는 서로 집을 오가며 게임을 하고 놀았다. 물론 같이 책을 보고 공부도 열심히 했고, 특히 시험 기간의 주말 같은 때는 서로 졸음을 쫓아주면서 밤을 새우기도 했다.

그리고 이야기. 우리는 정말 많은 이야기를 했다. 무슨 할 이야기가 그렇게 많은지, 어젯밤 늦게 통화를 했어도 조회가 시작되기 전 휴게실이나 복도에서 만나곤 했다. 토요일 밤에는 라면을 끓여 먹어가며 창이 부옇게 밝아올 때까지 이야기한 적도 있었다. 그 이야기들 속에는 엄마 아빠도 모르고 우리만 아는 은밀한 비밀들도 있었다.

그중에는 성(性)에 관한 것도 있다. 우리는 중학교 2학년 봄 처음 자위를 했다. 정우가 먼저였고, 녀석이 은근히 충동질을 해서 나도

하게 되었다. 우리는 좋아하는 아이돌 그룹 스타가 나타나는 몽정
에 대해서도 털어놓았다. 절대로 다른 사람에게는 할 수 없는 이야
기였다.

그런데, 아파트 벽에 가느다랗게 생기는 틈처럼, 우리 사이에 조
금씩 서먹한 느낌이 끼어들기 시작한 것은 중학교 3학년 때부터였
다. 아니, 좀더 정확히 따져보면 2학년 2학기부터라고 할 수 있다.
내가 외고 진학을 하기로 하고, 엄마 말대로 '올인'하게 된 것이 2학
년 1학기 기말고사가 끝났을 때니까.

여름방학을 앞두고 엄마는 학교에 찾아와서 담임과 상담을 했다.

"가능하단다. 남은 2학년 2학기, 3학년 1학기 성적, 조금만 더
피치를 올리면 외고 갈 수 있대. 지금도 상위 삼 퍼센트 안에 들기
는 하지만, 안심할 수 있는 상태는 아니고. 조금 더 올리면 충분히
갈 수 있다는 거야. 우리 아들, 할 수 있지?"

담임을 만나고 온 엄마는 상기된 표정으로 말했다.

"엄마도 지금부터 더 신경 쓰고 노력할게. 대학은 나중에 생각하
고, 일단 외고에 올인하는 거다. 넌 인문계 쪽 적성이니까."

엄마는 자기 말대로 그 뒤부터 부쩍 더 신경을 썼다. 우선 영수
학원을 그룹 과외로 바꿨다. 우리 학교뿐 아니라 주변 3개 중학교
의 아이들이 모인 그룹이었는데, 모두 외고를 목표로 하는 아이들
이었다. 물론 성적이 그 정도 우수한 아이들만 모인 특별한 그룹이
었다.

학원에서 그룹 과외로 바꾸고 엄마의 긴장감이 높아지면서 정우
와 만나는 횟수가 줄어들기 시작했다. 3학년이 되면서부터는 일주
일에 한 번 정도면 많이 만나는 편이 되고 말았다. 우선 반이 달랐
고, 같은 학원도 다니지 않으니까 마주치는 기회가 많지 않았다. 무
엇보다 시간이 부족했다. 새로 시작한 그룹의 아이들에게 뒤처지지
않으려면 더 많은 시간을 공부해야 했다.

하지만, 더 중요한 이유가 있었다. 정우와 나, 모두 그걸 알고 느
끼고 있었다. 반이 다른 거야 1, 2학년 때도 마찬가지였다. 시간이
부족하다 해도 만나려면 얼마든지 자주 만날 수 있었다. 단지 앞 편
의점이라든지, 단지 안 분수대의 벤치 같은 곳에서 오며 가며 만날
수 있으니까. 그런데 우리가 만나는 횟수는 3학년 1학기에는 일주
일에 한 번 정도, 2학기가 되면서부터는 이 주나 삼 주에 한 번 정
도로 벌어지고 있었던 것이다.

솔직히 말하면, 내가 외고를 선택하고 정우는 그럴 수 없다는 데
에 진짜 이유가 있었다.

올인해서 나를 외고로 보내기로 결심했다는 말을 엄마한테 들은
날 밤, 우리는 편의점에서 만났다. 내가 먼저 입을 열었다.

"야, 나 외고 가야 할 것 같다. 엄마가 하잔다. 할 수 있다고."

정우가 고개를 끄덕였다.

"그래, 넌 외고 갈 수 있을 거야."

나는 정우의 가슴을 툭 치며 말했다.

"너도 같이 가야지."

픽 웃은 정우가 고개를 흔들었다.

"내 성적에 무슨 외고."

정우는 초등학교 때까지는 백 점을 나보다 더 많이 맞았다. 그런데 중학교 1학년이 되고 나서부터 조금씩 밀리는 것 같았다. 2학년 1학기 성적은 상위 오 퍼센트에서 왔다 갔다 하는 정도였다. 하지만 지금부터 치고 올라가면 정우도 외고에 못 가란 법이 없을 것 같았다.

나는 일부러 목소리에 힘을 실었다.

"조금만 더 하면 돼. 조금만 더 하면 너도 갈 수 있어."

"됐다, 됐어. 갈 수도 없지만, 가고 싶지도 않다. 그 공부 귀신들 틈에서 어떻게 살아남냐."

"야, 그럼 난 어떻게 해? 우리 같은 고등학교 가야잖아."

창밖의 어둠으로 시선을 돌린 정우가 말했다.

"어차피 일반 학교 지망해도 같은 고등학교 배정 받기 쉬운 일은 아니잖아. 고등학교 때는 다른 학교 다닐 수도 있지 뭐. 너는 외고 가. 나는 일반고 가고. 그러면 되지."

"야, 포기하지 마. 외고 가자니까."

내 말에 정우가 팍 성질을 냈다.

"됐다니까 자식이. 난 외고 관심 없다니까!"

그때는 몰랐지만, 얼마 지나지 않아 정우가 화를 낸 이유를 짐작할 수 있었다. 엄마 말을 듣고서였다.

"어유, 이거 정말 장난이 아니구나. 수형이 너 열심히 공부해야 해. 한 달에 네가 잡아먹는 돈이 얼마인 줄 아니. 이백만 원에 가까 워. 이거 웬만한 월급쟁이들은 엄두도 못 내겠다. 우리도 하나니까 그렇지, 둘만 돼도 힘들겠다.”

그 순간 퍼뜩 생각이 났다. 아빠는 ‘웬만한 월급쟁이’가 아니다. 상당히 탄탄하다는 유통 회사에서, 엄마 표현대로 하면, ‘내가 운이 좋아서’ 일 년 전에 부장으로 승진을 했으니까. 그리고 우리 집은 자식도 나 하나다. 정우 아빠는 시립도서관 직원이니까 ‘웬만한 월 급쟁이’에 속할 것이다. 우리도 그 정도는 충분히 안다. 그리고 정 우에게는 사립대학교 1학년인 누나도 있다.

한마디로, 나처럼 올인할 입장이 아닌 것이다.

엄마 아빠의 희망대로 나는 K외고에 합격했다. K외고는 우리 집 에서 차로 삼십 분 정도 걸리는 거리다. 물론 전원이 기숙사에 입주 하기 때문에 통학하는 불편은 없다. 주말에 스쿨버스를 타고 집에 오고, 월요일에는 아빠가 운전하는 승용차로 등교하면 된다.

정우는 우리 아파트 단지에서 시내버스로 한 정거장이고, 걸어도 십 분 정도 거리인 C고등학교로 진학했다.

고등학교에 들어간 뒤 우리는 더 뜸하게 만났다. 1학기에는 한 달에 한 번 정도. 우선 내가 주말에만 집에 오고, 그 주말도 시간 여유가 별로 없었다. 해야 할 공부는 많고 과제도 만만치 않았다.

사실 더 여유가 없는 것은 내 마음이었다. 나는 입학 직후인 삼월 국영수 첫 모의고사에서 반에서 이십일 등을 했다. 한 반이 삼십 명 이니까 삼분의 이 안에도 들지 못한 성적이었다. 한마디로, 충격!

더 이상 말로 표현하기 어려운 충격이었다. 성적표를 받았을 때 망치 같은 것으로 뒤통수를 세게 얻어맞은 것 같았다. 머리부터 피가 싹 아래로 몰려 발끝으로 빠져나가는 것 같은 느낌이기도 했다. 아무리 우수한 아이들이 모인 곳이라 해도, 반에서 이 등 이하로는 떨어져본 적이 없는 내가 이 정도 '찌질이'로 전락할 줄은 상상조차 하지 못했다. 머리가 회까닥 돌아버리는 기분이었다. 그런 상황에서 주말이고 뭐고 마음의 여유를 가질 수가 없었다.

2학기에는 딱 한 번 만났을 뿐이다. 중학교 때는 반에서 일, 이 등을 다투다가 나처럼 전락한 아이들이 분발하기 시작했기 때문이다. 완전히 밑바닥에 깔리고, 그래서 학교 밖으로 떨어져나가지 않으려면 십 분도 함부로 쓸 수 없었다. 사실 외고나 과학고 같은 특수고 학생들의 자퇴 비율은 일반고보다 훨씬 높았다. 우리의 연락은 정우가 일주일에 한 번 정도 보내고, 내가 간단하게 답장을 하는 식으로, 메일로 연락하는 정도였다.

한번 만났을 때도 별로 긴 이야기를 하지 못했다. 십일월 중순으로 기억한다. 어느 일요일 오후 단지 앞 상가의 햄버거 집에서 만났는데, 햄버거와 콜라를 먹고 마신 시간을 빼면 우리가 이야기한 시간은 아주 짧았다. 손님이 많은 가게 안은 음악 소리와 말소리가 뒤섞여 소란스러웠다. 그리고 내 머릿속에서는 아직 시작하지도 못한 영어 과제(월요일 수업 시간에 읽어야 하는, 외국인 친구에게 쓰는 가상 편지)의 문장이 마구 뒤엉키고 있었다.

"너 정말 정신없이 바쁜 모양이구나."

내가 급하게 햄버거를 뜯어 먹고 콜라를 마시는 것을 보고 정우가 말했다. 나는 콜라를 꿀꺽 삼키고 대답했다.

"응, 좀. 외고라는 데가 그렇지 뭐."

정우가 감자 칩으로 톡, 톡 쟁반 바닥을 쳤다.

"너, 그렇게 바쁜데 내가 자꾸 메일 보내고, 그래서 부담되는 것 아니니?"

나는 좀 당황해서 손까지 내저었다.

"아니야. 그건 아니야. 메일 읽는 데 뭐 얼마나 걸린다고 그래."

그때 내 속마음을 솔직하게 말하면, 좀 부담이 되는 것은 사실이었다. 일주일에 한 번이라고 해도, 정우의 메일은 꽤 길었고 거기에 답장을 하는 것도 신경이 쓰였다. 그래서 바쁠 때는 며칠 뒤에 몇 마디로 짧게 답장을 하게 되곤 했다.

정우가 다시 입을 열었다.

"외고, 되게 치열하다던데. 너 공부하는 데에 방해되면 이제 메일 안 보내려고."

나는 화가 난 척 목소리를 팍 높였다. 그래야 할 것 같았다.

"야, 누가 방해가 된다고 했냐. 메일 보내. 좀 바쁠 때 답장 늦은 건 미안하다. 하지만 방해가 되는 건 아니야! 걱정 말고 메일 보내!"

내가 화를 내며 목소리를 높였지만, 정우는 표정 변화가 없었다. 그냥 감자 칩으로 쟁반을 계속 쳤다.

정우의 손짓을 바라보고 있는데, 문득 어떤 목소리가 귓속에서 울렸다.

"너희는 보통 애들, 그냥 애들과 다르다."

담임이었다. 담임이 거의 하루도 빼놓지 않고 되풀이하는 말이
물 밑에서 쑥 솟아오르는 부표처럼 떠오른 것이다. 그건 외고 안에
서 통용되는 일종의 유행어다. 일반고 아이들은 외고 안에서 '보통
애들' 혹은 '그냥 애들'로 지칭된다. 물론 외고 애들은 '특별한 애
들'이다. 그것이 학교를 감돌고 있는 일종의 자부심이나 자존심의
공기다. 보이지 않는 그 공기는, 유명 디자이너의 작품이라는 교복
으로 눈앞에 실감나게 시각화된다고 할 수 있다.

생각해보면 외고를 진학하기로 결심한 중 2부터 이미 나는 그런
분위기를 느꼈고 선망을 했던 것 같다. 주말이면 지하철역 옆 버스
정류장에 멈춰 선 스쿨버스에서 우르르 내리는 멋진 교복들. 비행
기를 탈 때 끌고 다니는 가방인 캐리어를 들들들들 소리가 나게 보
도에 끌고 다니면서 사람들의 눈길을 끄는 특별한 외고생들.

나는 그런 특별한 외고생이 되고 싶었다. 엄마나 아빠가 올인하
기는 했지만, 나도 그런 멋진 교복을 입고 캐리어를 끌면서 사람들
의 부러운 눈길을 받고 싶었다. 그래서 2학년 2학기부터 죽어라 공
부했고, 그런 외고생이 된 것이다.

나는 남은 콜라를 바닥까지 마셨다. 뭔가 의자가 불편한 것 같기
도 하고, 귓속을 파고드는 파편 같은 소음이 짜증스럽기도 했다.

그 말, 외고 안에서 통용되는 '보통 애들' '그냥 애들'이라는 말
이 떠오른 뒤부터다. 순간적으로 정우가 낯설게 느껴졌다. 그리고
정우의 눈에도 내가 낯설게 느껴질 거라는 생각이 들었다. 그런 생

각이 들자, 이렇게 마주 앉아 있어도 우리 사이에 보이지 않는 벽이 서 있는 것 같기도 했다. 그 투명한 벽이 앞을 막아서고 있다는 생각에 숨이 막히는 기분이었다.

견디기 어렵게 어색하고 불편한 느낌이었다. 나는 다시 목소리를 높여 말했다.

"야, 메일 보내. 내가 바쁜 것 걱정하지 말고. 시간 내면 될 것 아냐! 알았지, 윤정우!"

정우가 감자 칩으로 쟁반을 치던 손을 멈추고 고개를 끄덕였다.

"알았어. 메일 보낼 테니까 목소리 낮춰."

하지만, 정우는 메일을 보내지 않았다.

그리고 기말고사 하루 전날 마지막 메일을 받은 것이다. 수없이 읽어서 외울 정도인 그 메일.

수형아

바쁜데 신경 쓰이게 하는 것 같아 미안

우리 예전에 밤새워 이야기할 때 정말 그립고

요즘 내가 자꾸 작아지고, 먼지처럼 되고, 그래서 사라지고 말 것 같은 불안

이상하게도 그런 생각이 자꾸 든다

너한테 하고 싶은 말은 너무 많지만, 이제 내 입을 닫기로 한다.

그때는 한 번 읽고, 그냥 '평소에 하는 말을 간단하게 썼구나' 생

각하면서 메일 창을 닫고 말았다. 그러나, 나중에 되풀이해서 읽어 보니, 그건 그냥 평소에 하는 말이 아니었다. 일종의 메시지가 담겨 있었다. 이제 나하고 더 이상 대화를 나눌 수 없을 거라는 예고 같은 것. '……이제 내 입을 닫기로 한다.'는, 다른 문장에는 없는 마침표까지 찍은 그 문장이 내 머릿속에 계속 울리고 있다.

그 메일을 받은 수요일 밤, 내가 답장을 보냈다면 무언가 달라졌을까? 아니, 전화를 했다면, 그래서 주말에 만날 약속을 하고 우리가 만났다면, 정우는 속마음을 내게 털어놓았을까? 그 수요일 밤에서 그런 행동을 실행한 다음 주 목요일 밤까지, 그 일주일 동안 정우는 무슨 생각을 한 것일까? 나는 그 기간에 학기말 고사를 치르고, 모의고사를 준비해서 보느라 눈코 뜰 새가 없었다.

금요일 새벽 한 시경. 의사가 정우가 세상을 떠난 시간으로 추정했다는 그 시간에도 나는 수학 문제집에 코를 박고 있었다. 몇 시간 후면 치러야 할 모의고사 첫 과목이 수학이었기 때문이다.

정우는 자기 방, 벽에 박힌 대못에 아빠 넥타이를 걸고 목을 맸다. 책상 위 A4 용지에는, '엄마 아빠 죄송해요'라고만 씌어져 있었다고 했다.

내게 남긴 글 같은 것은 없었다. 메일함에도 그 이후 내게 온 것은 없었다.

오 일째.

모니터는 텅 비어 있다. 나는 여전히 아무것도 쓰지 못했다. 엄마가 들어오면 펼쳐진 소설책을 베끼다가, 정우에게 몇 문장 쓰기도 했지만 곧 삭제하고 말았다. 어떻게 써야 할지, 내가 무슨 말을 할 수 있는지 알 수 없었다.

다용도실 쪽 창문으로 비명과 같은 클랙슨 소리가 파고들었다. 그 소리가 꼬리를 길게 끌고 사라지자 주위는 내 숨소리가 들릴 정도로 조용해진다.

벌써 밤 열두 시가 가까운 시간이다. 나는 컴퓨터를 끄고 의자에서 일어났다. 내 방의 다용도실 쪽 창문을 열자 공간에 들어차 있던 싸늘한 겨울 공기가 방으로 들어오면서 얼굴을 스쳤다. 다용도실 창밖에는 짙고 무거운 어둠이 가득 들어차 있다.

밖에서 다시 응급차의 날카로운 경적 소리가 들려온다. 다급하게 누구를 부르는 것 같은 그 소리는 캄캄하게 들어찬 창밖의 어둠을 마구 휘젓는 것 같다. 영안실과 화장장의 장면들이 눈앞을 스치고 지나간다. 한 아이의 십육 년은 그렇게, 너무도 빨리 그리고 어이없게 끝나고 말았다.

그렇게 정우는 우리를 남겨두고 가고 말았다.

'그런데, 나는 왜 이런 글을 쓰려는 거지?'

'정우한테 미안해서? 자책감 때문에?'

병원 영안실에서, 그리고 화장장에서 울부짖는 정우 엄마를 보면서 내내 그런 생각으로 괴로웠다. 내가 더 신경을 쓰고 정우의 말을 들어줬더라면 하는 미안함. 내가 무언가 했다면 정우는 지금 여기 저런 모습으로 있지 않을지도 모른다는 자책감.

그렇지만, 그런 미안함이나 자책감으로 이 글을 쓰려고 며칠 동안이나 끙끙대고 있는 것은 아니다. 나는 그걸 잘 알고 있다. 처음 시작할 때는 그런 생각도 했지만, 하루하루 시간이 흐르고 써지지 않는 글에 대한 고민을 하면서, 나는 그런 것이 아니라는 것을 깨달았다. 벌써 오 일째 모니터 화면을 집요하게 들여다보는 내 마음은 그런 감정과는 다르다는 것을. 분명하게.

'그 이유가 뭐지? 왜?'

순간, 번쩍 어둠을 가르는 번개처럼, 내 머리에 떠오른 생각이 있었다.

'그렇다!'

그 생각은, 순간적으로 떠올랐지만, 지울 수 없는 상처처럼 선명했다. 마치 지금 떠오른 것이 아니라, 이미 내 머릿속 깊이 도사리고 있었던 것 같았다.

'바로 그것이다!'

나는 거세게 머리를 흔들었다.

'아니야! 그게 아니야!'

나는 반사적으로 그 생각을 부정했다. 떨쳐버리고 지워버리고 싶었다. 그러나, 한번 떠오른 그 생각은 더 선명하고 분명해졌다. 부정할 수가 없었다.

'그렇다, 그거다. 나는, 나를 위해 쓰려고 하는 것이다!'

그 생각을 따라서 재빠르게 다음 생각들이 떠올랐다.

'내 마음속에 있는 정우에게 보내는 글이 아니다. 정우와의 추억을 회상하기 위해서도 아니다. 나를 위해서, 이런 글을 써서 정리하기 위해서, 정우를 잊기 위해서, 이렇게 모니터에 붙어 있는 것이다.'

연이어서 떠오르는 생각들.

'나는 지금 불안하다. 벌써 며칠째 아무것도 하지 못했다. 정우 때문에 많은 시간을 그냥 흘려보낸 것이다. 그래서 나는 빨리 정우 생각에서 벗어나려고 하는 거다. 어떻게든 거기서 해방되어 내 공부로 되돌아가야 하기 때문에. 이렇게 멈춰 있는 것이 너무 불안하기 때문에. 바로 그거다!'

나는 머리가 떨어져라 강하게 흔들었다. 이따위 생각들을 땅에 처박고 짓밟고 싶었다. 하지만 한번 떠오른 그 생각들은 내 머릿속에 집요하게 달라붙어 떨어지지 않았다. 나는, 내 자신을, 내 몸뚱이를, 내팽개치고 마구 짓밟고 싶었다. 내가 너무 싫었다. 혐오스러웠다.

'나는 왜 이렇게 되었을까?'

나는 정우를 기억하기 위해서가 아니라 빨리 잊기 위해서, 잊고 내 공부에 집중하기 위해서 안간힘을 쓰고 있었던 것이다. 그래서 그렇게 절박하고 집요하게 글을 쓰려고 했던 것이다. 가장 친했던 친구가 죽었는데, 스스로 목숨을 끊고 말았는데, 나는 그 이유도 모르고 있는데……

그런데도 내가 빠져 있었던 감정은 내 걱정, 나 자신에 대한 불안이었다. 앞으로의 학교생활에 대한 막막한 불안과 두려움 말이다.

겨울방학이 끝나면 다시 시작될 저 치열한 경쟁. 까딱하면 성적은 바닥에 깔리고 자존심도 산산이 부서져, 그냥 죽고만 싶은 상태에 빠질지도 모른다. 나는 정말 불안하고 두렵다.

그래서 빨리 글을 써서 정우의 기억을 포장해 마음속 창고 저 안쪽에 넣어버리고 잊고 싶었던 것이다.

나는 다용도실 창에 떠 있는 내 얼굴을 보았다. 내 얼굴은, 창밖의 어둠을 배경으로, 마치 무슨 기괴한 얼룩처럼 보였다. 등에 으스스 소름이 돋는 것 같았다. 얼룩덜룩하게 어둠과 뒤섞여서 번쩍이는 내 얼굴이, 무슨 기괴하게 뒤틀린 가면처럼 무섭게 보였다.

정말 무서웠다.

나는, 내가, 무섭다.

삼촌과 사는 법

"싫어!"

엄마 목소리다. 가지고 다니는 열쇠로 현관문을 열고 들어오던 민수는 우뚝 멈춰 섰다. 날카롭게 귀를 파고드는 높은 목소리. 안방 문은 닫혀 있다. 닫혀 있는 문을 통과한 소리가 이 정도로 들렸으니까 엄마는 엄청 큰 소리를 지른 것이다. 민수는 학원을 마치고 오는 길이고, 지금은 밤 열두 시가 가까운 시간이다.

'이런 시간에 엄마가 저런 목소리를 내다니?'

'무슨 일이지?'

민수는 안방 쪽으로 몇 걸음 걸어갔다. 웅얼웅얼하는 남자 목소리가 들린다. 더 들어볼 것도 없이 아빠의 목소리다. 그렇다면 엄마는 지금 아빠에게 저렇게 소리를 내지른 것이다. 하기야, 이 시간에 안방에서 엄마와 마주하고 있을 사람은 아빠 말고는 없을 것이다.

민지는 자기 방에서 꿈나라를 헤매고 있을 테니까.

민수는 걸음을 멈추고 귀를 기울였다. 물론 안방에서는 민수가 돌아온 줄 모르고 있을 것이다. 대문도 가지고 다니는 열쇠로 열고 들어오니까. 물론 평소대로라면 엄마는 현관문이 열리는 소리를 듣고 거실로 나왔겠지만 지금은 아빠에게 소리를 지르느라 못 들은 것 같다. 고함 수준의 엄마 목소리 때문에 아빠 역시 현관문 열리는 소리를 못 들었을 것이고.

엄마와 아빠가 대화(혹은 부부싸움?)를 하고 있는 중이라면 섣불리 끼어들 수는 없다는 생각이 들었다. 그 대화의 성격이 어떤지도 모르고 끼어들었다가 화를 자초할 수도 있다. 예를 들어, 민수나 민지의 성적이나 생활 태도가 문제가 되어 서로 책임을 따지다가 저렇게 목청을 높인다든지 하는 경우.

'하지만, 싫다니? 무엇이 싫다는 것이지?'

그리고 엄마가 이런 정도로 큰 소리를 지른 적이 있었던가 모르겠다. 아무튼 민수는 상황을 파악하는 것이 먼저라는 생각이 들었다.

다시 웅얼웅얼하는 정도로 들리는 아빠의 말소리. 몇 걸음 문 가까이 다가가서 귀를 기울였지만 무슨 말인지 알아들을 수 없다. 이어서 또 터져나오는 엄마의 비명과도 같은 목소리.

"싫다니까. 싫다고!"

엄마와 아빠는 나이가 같고, 서로 편하게 말을 한다. 한 사람은 높임말을 하고 다른 사람은 낮춤말을 쓰거나 그렇게 하지 않는다는 뜻이다. 그러나 지금 엄마가 아빠에게 하는 말은 말투가 문제가 아닌 것 같다. 목소리의 크기나 높이도 문제지만, 듣는 느낌도 보통 억센 것이 아니다.

'엄마는 무엇을 저렇게 강력하게 거부하는 거야?'

"아, 참. 답답하구만. 답답해!"

이건 아빠의 목소리다. 안방 문 바로 앞에서 말하는 것 같다. 아빠가 밖으로 나오려는 모양이다.

'이크!' 민수는 재빠른 걸음으로 현관 쪽으로 물러났다. 예상대로 아빠가 문을 열고 나왔다.

"학원 갔다 왔어."

민수는 지금 막 현관문을 들어선 것처럼 말했다. 민수도 평소에는 아빠 엄마에게 높임말을 쓰지 않는다. 아빠와는 친구 같고, 엄마도 높임말을 쓰면 거리가 느껴진다고 싫어하니까.

"응, 갔다 왔냐."

아빠가 민수를 흘낏 보고 힘없는 목소리로 한마디 던졌다. 아빠 등 뒤로 엄마가 안방 문을 열고 나왔다.

"왔니."

엄마도 툭 던지듯 한마디 하고 주방 쪽으로 걸어갔다. 아빠는 식탁 위의 물병에서 물을 콸콸 따라 벌컥벌컥 마시고 있었다. 싱크대 쪽에서 요란한 소리가 났다. 엄마가 국자 같은 주방 기구 중 하나를 싱크대에 내팽개친 것 같았다.

두 사람 얼굴도 보통이 아니었다.

아빠의 얼굴은 술을 얼큰하게 마시고 귀가한 날과 빛깔이 유사했

다. 불그죽죽하게 달아오른 얼굴. 하지만 허허 웃느라 입을 다물지
않는 그런 날과 달리, 지금은 입꼬리가 아래로 팍 처지게 입을 꾹
다물고 있다. 상기된 엄마 얼굴도 빛깔은 민수나 민지를 혼낼 때와
비슷하지만, 그런 때보다 더 싸늘한 기운을 내뿜는 것이 다르다.

물을 마신 아빠는 현관문을 열고 나갔다. 마당에서 시원한 공기
라도 마셔 답답한 마음을 어떻게 해보려는 것 같다. 이번에는 엄마
가 식탁 위의 물병에서 물을 따라 아빠처럼 마셨다. 고개를 쳐든 엄
마 목으로 물이 흘러내리는 것이 보인다. 엄마 심정도 지금 여간 답
답한 상황이 아닌 것 같다.

도대체 무슨 영문인지 민수는 짐작할 수가 없다.

평소 같으면 물을 마시는 엄마에게 “엄마 왜 그래?” 그렇게 묻거
나, 마당에서 한숨을 쉬고 있을 아빠한테 가서 “아빠 무엇 때문인
데?” 이런 식으로 물어보겠지만, 지금은 그럴 분위기가 아니다. 살
벌하다고 해야 할 정도다. 뭔지 모르지만, 함부로 끼어들어서는 안
될 것 같은 느낌이 든다.

민수는 조용히 자기 방으로 들어가서 가방을 내려놓고 나와 민지
방으로 갔다. 예상대로 불이 꺼져 있고, 민지는 이불을 걷어차고 개
헤엄을 치는 자세로 엎드려 자고 있었다.

“야, 야 일어나. 일어나봐!”

한번 잠이 들면 세상모르고 자는 민지를 깨우기란 쉽지가 않다.
코를 잡고 몇 번이나 흔들어서야 민지는 겨우 눈을 떴다.

“에이씨이, 왜 그래? 지금 멋진 꿈을 꾸고 있는데.”

"무슨 꿈?"

"닉쿤 오빠가 나한테 꽃다발도 주고, 초콜릿도 같이 먹고……"

"뭐 닉쿤? 그 바쁜 애가 왜 네 꿈에 나오냐."

"엄청 재미있었는데. 오빠 때문에 망쳤잖아!"

2PM의 닉쿤은 민지가 깜빡 죽는 아이돌 스타인데, 드디어 꿈에까지 출연한 모양이다.

'자식 왜 내 동생 꿈에까지 나타나고 난리야.'

그건 그렇다 치고, 민수는 다시 눈을 감으려는 민지를 흔들면서 물었다.

"야, 엄마 아빠 왜 저러니?"

"뭐가?"

"지금 싸우는 것 같아. 분위기가 장난이 아니야. 왜 그래?"

"난 모르지."

"저녁 먹을 때는 어땠는데?"

민수는 야자 끝나고 바로 학원으로 갔기 때문에 아침 일곱 시 삼십 분에 나간 뒤 지금에야 귀가한 것이다.

"아무 일 없었어."

"그런데 지금 이 시간에 왜들 저래?"

계속되는 물음에 드디어 민지가 짜증을 터뜨리고 만다.

"몰라. 몰라. 오빠 내 꿈이나 물어내!"

"미안, 미안. 다시 자면 되잖아. 닉쿤 걔 우리 민지 기다리고 있을 거야."

"그럴까. 닉쿤 오빠 같이 놀아."

그렇게 중얼거리며 푹 침대에 쓰러진다.

"야, 이불이나 덮고 자."

민지의 발밑 이불을 끌어올려 덮어주었다. 민지는 초등학교 4학년이다. 민수가 고등학교 2학년이니까 일곱 살이나 아래다. 쉽게 말해서 늦둥이고, 민지는 그걸 잘 이용해서 톡톡히 어리광을 부린다.

민지 방 불을 끄고 밖으로 나왔다. 엄마가 소파에 앉아 있다. 아직까지 상기된 얼굴은 아니지만, 큰 충격을 받은 듯 멍한 표정이다. 안방에서 아빠의 기침 소리가 들린다.

민수는 엄마 곁으로 조심스레 다가갔다. 엄마가 팔을 들어 손을 저었다. 다가오지 말라는, 귀찮다는 신호 같다. 이어서 툭 던지는 말.

"가서 자."

아무래도 오늘 엄마나 아빠에게 무언가 알아내는 것은 무리인 것 같다. 민수는 자기 방으로 들어오고 말았다.

3일 뒤다.

아들. 학교 앞에서 차 갖고 기다린다. 은행 옆 골목.

야자를 하고 있는데 아빠가 보낸 문자였다. 반가운 마음에 민수는 곧바로 답을 날렸다.

알았어 끝나면 즉시 달려갈 것임

엄마가 소리를 지른 그날 밤 이후, 집안 분위기는 현관문 밖의 봄 날씨답지 않게 싸늘하기만 했다. 냉장고 냉동실에서 하얀 냉기가 쉬지 않고 흘러나오는 것 같았다.

"엄마 왜 그러는데?"

민수는 다음 날 밤 주방에서 설거지를 하는 엄마에게 슬쩍 물어보기는 했다. 엄마는 대답 없이 물만 더 세게 틀었다. 싱크대로 쏟아진 물이 민수 발등까지 튀기는 것도 아랑곳하지 않았다.

지난 삼 일 동안 민수는 집에만 들어가면 답답증이 치밀었다. 마치 공기가 희박한 공간에 들어간 느낌이지만, 그걸 해소할 길이 없었다. 엄마나 아빠 모두 잔뜩 이마를 구긴 채 입을 굳게 닫고 있었기 때문이다. 그런데 평소 같지 않게 아빠가 학교 앞에서 기다린다고 하니, 드디어 오늘 그 답답증이 풀릴 모양이다.

민수는 야자가 끝나자마자 운동장을 달려나갔다. 교문 앞 도로에서 왼쪽 길로 꺾어 오십 미터 떨어진 은행까지 쉬지 않고 달렸다. 은행 옆 골목에 주차하고 있는 아빠 차가 보였다.

"끝났냐."

민수가 헐떡거리는 숨을 고르면서 운전석에 올라타자 아빠가 말했다.

"응, 지금."

"가자."

학교에서 집까지 차로는 오 분 정도도 안 걸린다. 걸어서는 이십 분이 조금 넘게 걸리지만. 아빠는 민수네 집 대문 옆, 항상 아빠가 주차하는 곳에 차를 세웠다.

이럴 때 아파트에 사는 사람들은 주차장에 차를 세우고 어린이 놀이터 같은 곳에 가서, 뭐 그네나 벤치 같은 곳에 나란히 앉아 대화를 나눌 것이다. 영화나 텔레비전 드라마에서 많이 본 대로. 하지만 민수네는 단독주택에 살고 있고, 가까운 곳에 그네나 벤치가 있는 어린이 놀이터가 없어서 그냥 시동을 끈 차 속에 나란히 앉아 있었다.

한참 동안 차창 밖 골목의 어둠을 바라보던 아빠가 입을 열었다.

"좀 답답하고, 궁금하고 그랬지?"

아빠 말은 묻는 형식이기는 하지만, 이미 대답을 예상하고 있다는 투여서 민수는 대답하지 않았다. 그냥 고개를 끄덕이는 정도로 반응했을 뿐.

"사실은…… 사실은 말이다."

"……"

"네 삼촌이, 우리 집에 오게 됐다."

아빠 목소리가 낮게 가라앉았다.

"삼촌?"

"그래, 한 이 주일 남았다."

"삼촌이 있었어?"

이번에는 아빠가 대답하지 않고 고개를 끄덕였다.

민수는 지금까지 삼촌이 있다는 말을 들어보지 못했다. 아빠 형제로는 고모가 있다. 아빠 여동생(세 살 아래라고 한다)인 고모는 지금 캐나다에 살고 있다. 그 캐나다 고모 말고는 다른 아빠 형제를 만난 적이 없다.

아빠가 입을 열었다.

"나보다 일곱 살 적은 동생이 있다."

민지도 자신보다 일곱 살이 적다는 생각이 문득 민수의 머리를 스쳐 지나갔다. 그 생각과 이어 떠오르는 생각이 있었다. 시골에 살던 할머니에 대한 기억이다. 할머니는 민수가 초등학교 3학년 때 돌아가셨다. 할아버지는 민수가 갓난애 때 돌아가셔서 아예 기억이 없다.

할머니가 살아 계실 때 삼촌 이야기를 한 것 같기도 하다. 아마도 방학 무렵 시골에 갔을 때다. 민수랑 둘이 있을 때 '막내 삼촌……' 뭐 어쩌고 그런 이야기를 할머니가 꺼냈던 기억이 어렴풋이 떠오른다. 그때 할머니는 갈고리 같은 손으로 자꾸 눈 밑을 훔쳤던 것 같기도 하다. 그 뒤에 삼촌을 만난 적도 없고, 할머니 말도 너무 어릴 때 기억이어서 까마득히 잊어버리고 있었다.

그런데 이상하다. 다른 사람들이 삼촌에 대해 한 마디라도 하는 것을 들은 기억이 없다.

"그 삼촌이 어디에 살고 있었는데?"

궁금한 일이 아닐 수 없다. 도대체 그 삼촌은 지금까지 어디에 살아서 얼굴도 모르고 소식도 없었는지. 왜 다른 가족은 삼촌에 대해 말 한 마디도 하지 않았는지.

아빠가 한숨을 푹 쉬었다. 부스럭거리며 양복 안주머니를 뒤지더니 담배를 꺼냈다. '이게 뭐지?' 아빠는 담배를 끊은 지가 오 년이 넘었다.

민수는 고개를 돌려 아빠 얼굴을 보며 말했다.

"아빠 담배 끊었잖아?"

대답하는 대신 아빠는 민수에게 물었다.

"너 혹시 담배 피우냐?"

민수는 안 피운다. 물론 민수 같은 고 2가 담배 피우는 거야 별 이야깃거리도 아니지만, 아무튼 민수는 냄새도 별로고 돈도 아깝다는 생각에서 피우지 않는다.

"피운다면 너도 피워도 좋아. 맞담배질이면 어떠냐. 그런 것 따위를 따진다는 것이 우습다는 생각이 든다."

아빠가 심각한 상태인 것은 확실하다. 아빠가 아들을 친구로 대해주고 권위 따위를 좋아하지는 않지만, 고등학생인 아들에게 담배를 권한다는 것은 너무나 큰 파격일 테니까.

"난 안 피워. 문이나 다 열고 피워."

민수 말에 아빠는 창을 다 내리고 담배에 불을 붙였다. 민수도 자기 쪽의 창을 다 내렸다.

몇 번 담배를 빨고 연기를 내뿜던 아빠가 불쑥 말했다.

"네 삼촌은 교도소에 있었다."

"뭐? 교도소?"

"그래. 삼 년 감형을 받아서 이번에 나오게 됐다. 십칠 년 동안 거기 있었다."

'삼촌이 교도소에! 그것도 십칠 년 동안이나!'

물론 그 순간 민수는 큰 충격을 받았다. 충격을 받고 무척 놀라기는 했는데, 이게 어떤 상태인지는 모르겠다. 전혀 예상하지 못한 충격이고, 그래서 느낌도 이상하기만 하다. 삼차원에서 사차원으로 공간 이동을 해버리면 이런 느낌일까? 그냥 멍한 것 같다.

민수가 그런 어리벙벙한 느낌으로 아빠 옆얼굴을 바라보고 있으니까 아빠도 담배만 빨아들였다가 내뿜고 했다. 민수는 가까스로 정신을 수습하고 입을 열었다.

"삼촌이 왜?"

아빠가 다시 긴 한숨을 내쉬었다.

"죄를 지었다. 그놈이, 순간, 제정신이 아니었던 거다."

'순간 죄를 지어서, 십칠 년 동안이나 감옥에?'

"무슨 죄를 지은 건데?"

아빠가 고개를 돌려 민수의 얼굴을 보았다.

"민수야, 놀라면 안 된다. 넌 고등학생이니까 아빠가 솔직하게 털어놓는 거다. 민지한테는 말하지 마라."

"알았어, 아빠."

"네 삼촌, 휴우— 영호 그놈이, 그만, 사람을, 죽였다."

'헉!'

마침 들이쉬던 숨이 목에서 턱 막혀버렸다.

＊　　＊　　＊

"아, 싫다니까 그래."

안방 문 사이로 튀어나오는 엄마 목소리.

"자꾸 억지만 부리지 말고 생각을 좀 해봐."

이제 문 밖에서도 충분히 들을 수 있을 정도로 높은 아빠 목소리.

"이게 왜 억지야?"

"그러면 억지가 아니고 뭐야? 동생이 형 집에 와서 산다는데 뭐가 문제냐고?"

"왜 꼭 같이 살아야 하는데? 나도 삼촌 불행하고 불쌍한 것 알아. 정말 안됐다는 생각이야. 하지만, 삼촌 나이도 마흔이 다 됐어. 그냥 따로 살면서 당신이 보살펴주면 되잖아."

"세상과 십칠 년이나 격리되어 있던 애야. 민수보다 겨우 두 살 더 먹어 감옥 가서 이제야 밖으로 나오는 거라고. 가족이라고는 나뿐인 셈이잖아. 형 집에 살면서 세상살이 적응을 하는 것이 당연한 것 아니야? 친동생인데 어떻게 세상에 나오자마자 너 혼자 살라고 하느냔 말이야. 같이 살면서 사회생활 익히는 것을 우리가 도와주는 것이 당연하잖아."

"아무튼 난 싫어. 당신이 대출을 받아서라도 삼촌 원룸 얻어준다면 그건 반대하지 않아. 내가 일요일 같은 때 밑반찬 같은 것 얼마든지 장만하고 당신 차로 실어다 날라. 다 좋아. 내가 할 수 있는 대로 노력할 거라고. 하지만 같은 집에서 생활하는 것은 반대야. 싫어!"

반복되지만 제자리걸음을 하는 엄마 아빠의 논쟁이다. 시간은 자정이 넘었다. 대개 민지가 꿈나라에 깊이 빠진 열한 시가 넘으면 시작된다. 목소리도 안방 밖에서 충분히 들릴 정도로 거침이 없다. 엄마도 민수가 '삼촌 문제'를 들었다는 것을 알고 있다. 민수하고 승용차에서 이야기를 나눴던 날 밤, 아빠가 엄마한테 말한 것 같았다.

아빠한테 그 이야기를 들은 다음 날 밤이다. 야자가 끝나고 귀가해서 현관문을 들어서는데 거실 소파에서 엄마가 기다리고 있었다.

"민수, 너 그 이야기 민지한테는 절대 하면 안 돼. 너야 어차피 알았다니까 어쩔 수 없고, 또 나이도 있고 하니까 어떻게 대처할 수 있다 치고. 민지는 안 돼!"

물론 민수는 엄마가 말한 '그 이야기'가 지난밤 아빠가 말한 삼촌에 관한 이야기라는 것을 알아들었다.

"안 해."

"하여간 입 조심해. 요즘 학교에서는 이유 없이도 왕따시키고 그런다잖니. 민지 친구 애들이 그걸 알기만 해봐라. 어떻게 놀릴지, 민지가 어떤 상처를 받을지 어떻게 아니."

엄마가 무엇을 걱정하는지 알 수 있었다. 민수도 생각해본 문제다. 민지 친구들이 그걸 알게 된다면 사태가 어떻게 될지 알 수 없다. '살인자 삼촌'이 있다는 놀림을 받고 큰 상처를 입을 수 있다. 아차 하면 민지의 꿈은 지금처럼 좋아하는 아이돌 스타가 등장하는 행복한 것이 아니라, 가위눌리는 악몽이 될 수도 있다. 절대로 안 될 말이다.

사실은 아빠한테 그 말을 들은 뒤부터 민수 마음도 혼란에 휩싸여 있다. 그 충격을 어떻게 받아들여야 할지 모르겠다.

'삼촌이, 아빠 친동생이, 살인자라니!'

마치 백 억쯤 되는 로또나 한 방 맞은 것 같다. 그 정도의 충격인 만큼 무얼 어떻게 해야 좋을지 모르겠다는 거다. 물론 로또와 성격은 정반대라고 해야겠다. 로또가 행운이고 행복이라면 이건 어떻게 봐도 불운이고 불행일 테니까.

민수는 친구들 누구에게도, 심지어 일주일 동안 자위를 한 숫자까지 서로 숨기지 않는 베프 병주에게도 지금까지 아무 말을 하지 못했다. 반 아이들이 이 사실을 알게 된다는 상상만 해도 끔찍하다. 아이들 입이 모두 독수리 부리가 되어 벌거벗은 민수의 몸뚱이를 쪼아댈 것 같다.

제발 그런 삼촌 따위는 사라져버렸으면 좋겠다. 삼촌의 존재 자체를 몰랐던 때로 돌아가고 싶다. 아예 '삼촌'이란 단어 같은 것은 사전에서 지워버리고 싶다.

아무튼 민수도 이 충격에 어떻게 대처하면 좋을지 몰라 그저 혼란스럽기만 하다. 이 문제만은 엄마 아빠도 별로 다르지 않은 것 같다. 민수가 충격과 혼란에 빠져 있는 것을 도울 정신이 없는 상태인 게 분명하니까.

하지만, 민지까지 이 충격과 혼란에 빠뜨릴 수는 없다는 생각이다. 민수는 분명한 목소리로 엄마를 안심시켰다.

"민지한테 말 절대 안 하니까 걱정하지 말아. 절대로 안 해!"

민지한테 알려서는 안 된다는 점에서는 엄마 아빠의 의견이 일치하는 것 같았다. 그러나 나머지에 대해서 두 사람의 다툼은 여전히 평행선을 달렸다.

'아빠는 삼촌과 살아야 한다. 엄마는 같이 살 수 없다.'

삼촌이 오기로 예정된 날을 이틀 남겨둔 금요일 밤.

마침내 엄마 아빠의 갈등이 폭발하고 말았다. 아빠의 돌발적인 행동이 긴 말다툼에 종지부를 찍어버린 것이다.

이날도 엄마 아빠는 자정 가까운 시간까지 말다툼을 하고 있었다. 자정 가까운 시간에 민수가 현관문을 열고 들어서는데, 아니나 다를까 엄마 아빠의 목소리가 거실까지 울리고 있었다. 두 사람의 목소리가 유난히 높아진 것 같았다.

"당신이 이 정도밖에 안 되는 사람이야!"

아빠의 격앙된 목소리다.

"당신이야말로 이성적으로 생각해봐!"

엄마의 날이 선 목소리가 즉각 뒤를 잇는다.

"내가 이성적이지 못한 것이 뭐가 있다는 거야?"

"애들 교육을 생각해보란 말이야!"

"교육이 뭐 어떻다는 거야?"

"내 입으로 말을 해야 해? 애들이 심리적으로 어떤 충격을 받을지, 앞으로 무슨 영향을 받을지 그런 생각을 못 해?"

"이겨나가야지. 세상에는 어쩔 수 없는 일도 있어. 그런 일은 겪으면서 이겨나가야지. 그걸 배워야지!"

"말은 좋지. 얼마나 험한 세상이야? 한집에 살게 되면 우리 민지가 어떤 위험에 처할지도 모르는 거잖아. 그런 생각도 이성적으로 해보라 그거야!"

엄마는 민수가 지금까지 듣지 못했던 문제를 끄집어내고 있다. 민수는 물론 엄마가 무슨 말을 하는지, 그 정도는 금방 알아챌 수 있다. 인터넷 같은 데서 하루 이틀 사이를 두고 뜨는 충격적이고 더러운 뉴스. 유아나 어린이에 대한 성추행과 폭력.

아빠도 엄마 말이 의미하는 것을 즉각 알아챈 것 같았다. 잠시 말이 멈춘 이유는 엄마 말이 준 충격 때문인 것 같다. 오 초 정도의 사이를 두고 터져나오는 아빠의 목소리.

"뭐, 당신 지금 뭐라고 했어? 그걸 지금 말이라고 하는 거야! 우리 영호를 그따위 식으로 보는 거야?"

부들부들 떨리는 목소리로 봐서 아빠는 지금 엄청 흥분한 것 같다.

하지만 엄마도 물러서는 목소리가 아니다.

"누가 꼭 그따위 식으로 본대. 그런 문제도 생각해보자는 거야. 딸 둔 부모라면 그런 걱정도 당연한 것 아니야? 세상 무서운 것 몰라서 그래? 지금이 어떤 세상이냐고!"

여전히 부들부들 떨리는 아빠 목소리가 뚝, 뚝 끊어져나온다.

"아무리 세상이 어떻다 해도, 그런 짐승 같은 놈들이 간혹 있다고 해도, 당신이 어떻게 그런 말을, 어떻게, 내 동생한테 그런 말을, 어떻게!"

'……어떻게!'라는 고함에 이어 '와장창!' 무언가 깨지는 소리가 안방 문을 부숴버릴 듯 크게 들렸다. 그 소리는 너무 돌발적이고 예상하지 못한 것이었다. 민수가 기억하는 한, 엄마 아빠가 말다툼은 하더라도 무엇을 때려 부수면서 싸운 적은 한 번도 없었다. 민수는 순간 멍한 느낌에 몸이 굳어버렸다. 마치 안방에서 깨져나간 것이 민수 몸속의 어느 한 부분이기라도 되는 듯이.

안방 문이 벌컥 열렸다. 얼굴이 벌겋게 된 아빠가 씩씩거리며 나왔다. 아빠는 민수를 본 체도 않고 현관문을 벌컥 열었다가 꽝 닫고 나갔다.

민수는 안방으로 들어갔다. 엄마는 마치 넋이 나간 표정으로 다리를 뻗고 앉아 있었다. 안방에는 여기저기 투명한 플라스틱 조각이 흩어져서 어지러웠다. 방 한가운데에는 플라스틱 조각 아래 사진이 한 장 놓여 있었다. A4 용지 정도 크기의 사진이었다. 사진 옆 장판이 손가락 길이만큼 찢어져 있었다.

민수는 조금 전 들렸던 날카로운 파열음의 정체가 무엇인지 알 수 있었다. 아빠는 화장대 옆에 놓여 있던 플라스틱 사진틀을 방바닥에 내팽개친 것이다. 그 사진은 엄마 아빠 결혼 십 주년이 되던 여름 동해안에 여행을 가서 찍은 것이다. 기억에는 없지만, 그때 민수와 민지는 외할머니 댁에 있었다고 한다. 외갓집은 같은 서울이고 위치도 가까워서 자주 왔다 갔다 했다. 민수와 민지는 엄마 아빠가 여행을 갔거나 말거나, 외할머니의 특기인 팥빙수를 마음껏 먹으며 즐겁게 놀았다고 했다.

노을이 지는 동해를 배경으로 엄마 아빠가 나란히 서서 찍은 이 사진을 엄마는 잘 나왔다며 무척 좋아했다. 민수가 보기에도 사진 속 엄마는 젊고 예뻐 보였다.

"야, 이 미모! 정말 탤런트 뺨친다." 아빠는 기분이 좋을 때는 이런 식으로 엄마에게 아부를 했고, 엄마는 "탤런트는 무슨 탤런트." 그렇게 받으면서도 흐흐흐흐 기분 좋게 웃곤 했다.

그런데, 그 사진이 방바닥에 팽개쳐진 것이다. 엄마가 받은 충격을 충분히 짐작할 수 있었다.

한참 동안 엄마는 그렇게 앉아 있고, 그 옆에 서 있던 민수가 허리를 굽혔다. 조각난 플라스틱이라도 주워야 할 것 같았다.

"그만둬!"

허리를 굽혀 플라스틱 조각 하나를 집자 엄마가 말했다. 의외로 낮은 목소리였는데 오히려 더 강한 느낌을 주었다. 엄마 말을 따라야 할 것 같아 민수는 엉거주춤 일어섰다.

"나 이 집 나간다."

여전히 낮지만 강한 목소리.

"엄마, 뭐?"

"민지랑 외갓집으로 갈 거야."

'엄마 이러지 마!' 그렇게 말하고 싶었지만, 민수는 말을 하지 못했다. 아빠가 사진틀을 팽개쳐서 만든 이 어지러운 장면이 민수의 입을 막고 있는 것 같았다. 민수가 그렇게 말하고 나면 낮은 엄마 목소리가 갑자기 엄청난 고음으로 폭발해버릴 것 같았다.

그 말 대신 민수는 이렇게 물었다.

"학교는 어떻게 하고?"

"내가 아침에 차로 태워주고, 오후에는 외할아버지한테 부탁하면 돼."

엄마가 그 문제는 이미 생각했다는 듯 대답했다.

민수네 집은 수색이고 외갓집은 홍은동이다. 차로는 십 분에서 십오 분 정도 거리니까 서울에서는 아주 가까운 편이다. 그리고 외할아버지는 지난해에 퇴직해서 집에 계시니까 민지가 학교를 다니는 것은 별문제가 없을 것 같다.

"너도 엄마랑 함께 외갓집에 가 있자. 이모랑 외삼촌이 쓰던 방도 있으니까."

이모는 지지난해에 결혼했고, 외삼촌은 올해 군대에 갔다.

'지금 그게 문제가 아니잖아. 엄마가 민지 데리고 집을 나가버리면, 그리고 나도 따라가버리면 아빠랑 우리 집은 어떡하고?'

민수는 역시 이 말도 할 수 없었다. 민수가 머뭇거리고 있자 엄마가 결론을 내리듯이 말했다. 마찬가지로 낮지만 강한 목소리였다.

"내일 아침에 갈 테니까 우선 가져갈 책 준비해. 옷가지는 내가 준비할 테니. 다른 것들 필요하면 나중에 네가 와서 가져가면 되고."

'엄마를 따라 집을 나가느냐? 아빠를 따라 집에 남느냐?'

민수는 자기 방으로 온 뒤 고민을 거듭했지만, 쉽게 결론을 내릴 수 없었다.

엄마는 아예 민수까지 외갓집으로 가는 것으로 생각하고 있다. 통학은 별문제 될 것이 없다. 할 일이 없어 심심하다는 외할아버지가 민수를 아침에 태워다 주고 밤에도 데려갈 수 있을 것이다. 차로 걸리는 시간도 지금처럼 걸어서 다니는 십오 분 정도니까 마찬가지다. 여러 가지 생활하는 것(밥 먹고, 옷 입고 등등)도 외갓집에 있으면 별문제가 없을 것이다. 아빠를 따라 남더라도 그런 것은 역시 별문제가 없다. 맞벌이 부부여서 평소 집안일을 같이 해온 아빠가 있으니까.

문제는 그런 것이 아니다. 아빠와 남는다면……

이틀 후에 삼촌이 온다!

십칠 년 동안이나 감옥에 있었던 삼촌이다. 아무리 그런 생각을 안 하려고 해도 영화나 드라마에서 보았던 감옥 풍경이 떠오른다. 그 살벌한 회색의 콘크리트 공간에서 사는 사람들. 얼굴에는 칼자국 같은 것이 벼락 무늬처럼 지나가고, 검붉은 팔에는 시커먼 문신들이 뱀처럼 꿈틀거린다. 그 감옥에서 그런 사람들과 십칠 년을 살아온 삼촌이 오는 것이다. 그 삼촌과 같이 살아야 한다. 이건 정말 단순한 문제가 아니다.

민수는 솔직히 불안하다. 두렵다. 삼촌이 오는 것이 불안하고, 삼촌과 같이 사는 것이 두렵다! 민수도 민지처럼 엄마를 따라 외갓집으로 가고 싶다. 삼촌에게서 도망치고 싶다!

이불 속에서 이리저리 몸을 굴리며 새벽까지 민수는 고민을 하고 또 했다. 그리고, 결국 최종적으로 결론을 내렸다, 이렇게.

'남는다, 아빠를 따라.'

민수가 그런 결심을 하게 된 데에는 결정적인 이유가 있다. 며칠 전 보았던 아빠의 눈물 때문이다. 그날도 엄마와 아빠는 지루한 말다툼을 했다. 민수는 더 들을 필요도 없고 지겹다는 생각도 들어서 자기 방에 들어와 있는데, 얼마 후에 방문을 노크하는 소리가 들렸다. 문을 열자 소주병과 잔을 든 아빠가 서 있었다.

"마당에 좀 나가자."

민수는 아빠를 따라 마당으로 갔다. 마당 한쪽에는 꽤 키가 큰 목련나무가 있고, 마침 하얀 목련꽃이 피어 있었다. 아빠와 민수는 목련나무 아래 대나무 평상에 앉았다.

"한잔 따라봐라."

민수는 아빠의 잔에 술을 따랐다.

"너도 한잔해."

아빠가 가지고 온 소주잔은 두 개였다. 아빠는 민수 손에 잔을 들려주고 술을 따랐다.

"자, 마시자."

민수는 대답하지 않고 조금 마셨다. 안주도 없는 소주라서 쓰기만 했다.

잔을 비운 아빠가 스스로 잔을 채워 반쯤 마시고 내려놓았다. 담배를 꺼내 불을 붙인 아빠가 길게 한숨을 쉰 뒤 입을 열었다.

"너희들한테 미안하다. 할 말이 없어. 너한테도 상의 못 했고, 민지야 영문도 모르는 형편인데, 삼촌과 같이 산다 안 된다 어른들만 다투고 있으니…… 하지만, 이건 어떻게, 내놓고 상의하기도 어려운 문제고, 우리 입장도 정리가 안 되니……"

민수는 고개를 끄덕였다. 항상 문밖에서 듣기만 했던 입장이 기분 좋은 것은 아니지만, 아빠 말이 이해가 되기는 했다. 엄마 아빠

입장이 서로 날카롭게 맞서는 상태에서 누구든 민수에게 상의를 하기는 쉽지 않았을 것이다. 그런 시도 자체가 민수를 자기편으로 끌어들이려는, 좀 치사한 행위로 간주될 수 있을 테니까.

잔을 비운 아빠가 말을 이었다.

"그래, 솔직하게 말해서 다른 문제와 달리 이 문제는, 너희들한테 상의를 하고 그것을 참고해서 결정하고, 그러기가 쉽지 않다는 생각이다. 일단 아빠 엄마가 감당하고 해결해야 할 특별한 상황이니까, 어쩔 수 없이 그렇게 됐다는 말이다. 하지만 내 가슴이 너무 답답해서, 그냥 물어보고라도 싶다. 민수, 네 생각은 어떠냐? 이 아빠 생각이 문제가 있는 것 같아?"

질문을 던진 아빠가 새 담배에 불을 붙여 허공의 묽은 어둠 속으로 연기를 내뿜었다.

모르겠다. 이럴 때 아마 민지였다면 당장 대답했을 것이다.

"삼촌하고 사는 것 싫어. 엄마 말대로 해!"

하지만 민수는, 자신은 열여덟 살을 먹은 고 2고, 지금 이 상황에서 그런 말을 쉽게 해서는 안 된다는 것 정도는 눈치채고 있다. 오년 전 끊었던 담배를 다시 피워대고, 얼굴도 꺼멓고 까칠하게 변해가는 아빠에게 그런 식으로 말할 수는 없는 일이다. 민수는 아무 말도 하지 않고 목련꽃을 쳐다보았다.

후후 담배 연기를 내뿜은 아빠가 고개를 끄덕였다.

"솔직히 놀랐을 거고, 싫겠지. 이해한다. 갑자기 그런 삼촌이 나타나고, 같이 살아야 한다니 그렇지 않겠니. 이해해. 하지만, 민수야. 아빠는, 아빠는 말이다."

말을 끊고 소주를 마신 아빠가 새 담배에 불을 붙였다.

"이렇게 해야 한다. 영호 그놈, 네 삼촌은 아빠 막냇동생이다. 민지가 네 동생이듯이 내 동생이야. 영호, 십칠 년 동안이나 감옥에 갇혀 있었다. 세상살이가 어리둥절하지 않겠냐. 세상에 적응할 준비 기간이 필요하지 않겠어. 그동안만이라도 형인 내가 데리고 있어야 되지 않겠냐. 어떻게 나오자마자 너 혼자 살라고 할 수 있겠냐 말이다. 영호 그놈, 죄를 짓고 감옥 갈 때, 갓 스물이었다. 세상 아무것도 모르는 놈이 한순간에 그렇게 돼서, 그 긴 세월 갇혀 있었으니……"

아빠 목소리가 가라앉으면서 물기에 젖어가고 있었다.

"아버지는 화병으로 돌아가셨다. 아버지 돌아가실 때 눈도 제대로 못 감으시면서, 나한테 막냇동생, 영호 그놈 부탁하고 또 부탁하셨다. 버리지 말라고, 세상이 아무리 손가락질을 해도, 동생을 버려서는, 그래서는 안 된다고……"

아빠는 말을 잇지 못했다. 민수는 슬그머니 소주잔으로 손을 뻗었다. 소주잔을 들면서 쳐다본 아빠의 뺨이 번들거렸다. 뺨을 적신 눈물에 골목의 가로등 빛이 녹아들고 있었던 것이다.

민수가 아빠의 눈물을 본 것은 그날이 처음이었다.

"난 안 가."

아침에 엄마가 방에 들어왔을 때 민수는 그렇게 말했다.

"정말이야?"

엄마가 목이 쉰 듯 갈라진 소리로 물었다.

"그래. 집에서 학교 다닐 거야."

눈을 들여다본 엄마가 민수의 결심을 읽은 것 같았다. 더 이상 설득하려고 하지 않았다. 한번 결심하면 쉽게 바꾸지 않는 민수의 성격을 엄마는 잘 알고 있으니까

"알았어. 공부 열심히 하고 있어. 생각 바뀌면 언제든지 와."

잠시 후, 엄마는 아직도 어리둥절한 표정인 민지 손을 잡고 현관문을 나가고 말았다.

*　　*　　*

마침내, 삼촌이 왔다.

일요일 오후, 교도소에서 나오는 삼촌을 맞으러 아빠는 혼자 갔다. 민수는 집에서 기다렸다. 민수도 내키지 않았지만, 아빠도 혼자 갔다 오겠다고 했다. 아마 을씨년스러운 교도소의 회색 담과 굵은 쇠창살이 쳐진 정문 등(영화나 드라마에 잘 나오듯이)을 민수가 보면 삼촌에 대한 인상도 그만큼 나빠질 거라고 생각하고 있는 듯했다.

"나도 갈까?"

아침에 부산하게 준비하는 아빠 등에 대고 민수가 사실 마음에도 없는 소리를 하자, 아빠는 손까지 내저으며 고개를 흔들었다.

"거기를 뭐 하러 가. 나 혼자 가도 된다. 넌 여기서 기다리고 있어."

아빠가 출발한 것은 오전 열 시가 조금 넘은 시간이었다. 교도소

까지 세 시간 가까이 걸리니까, 돌아오는 시간은 오후 다섯 시경이
될 거라고 했다.

아빠가 출발한 뒤 민수는 컴퓨터를 켰다. 며칠 전 병주한테 빌려
온, 새로 나온 게임 시디를 넣고 게임을 시작했다. 한 단계 업그레
이드된 게임은 더 재미있는 것 같았지만, 삼십 분도 지나지 않아 끄
고 말았다. 사이버 공간의 치열한 전투는 장난처럼 보였고, 피를 튀
기며 날뛰는 캐릭터들은 멍청한 장난감 병정들처럼 느껴졌다.

민수는 방에서 나와 공연히 안방과 거실을 서성거렸다. 현관문을
열고 나가 마당을 빙빙 돌기도 했다.

'어떻게 해야 하지? 어떻게 삼촌을 대하고 말을 해야 하지?'

당연히 초조하고 불안한 마음이었다. 드디어 삼촌이, 그런 '특별
한' 삼촌이 몇 시간이 지나면 민수네 집으로 오는 거니까 말이다.

마당을 서성대다 들어와서 민지 방으로 갔다. 민수 방 옆인 이 방
은 삼촌이 오면 쓸 방이다. 놀토인 어제, 아빠와 민수는 삼촌이 오
면 쓸 방을 어떻게 하느냐를 놓고 상의를 했다. 일단 민지 방을 삼
촌이 쓰게 하자는 생각에는 쉽게 의견의 일치를 보았다. 방 셋 중에
서 장롱과 엄마 화장대 등이 들어찬 안방과 민수 방을 빼고 나면 남
은 것은 민지 방뿐이었다. 그렇지만 민지 방을 삼촌이 쓰도록 어떻
게 바꾸느냐를 두고는 막연하기만 했다. 결국 바뀐 것은 거의 없다.
민지 침대를 안방 창문 밑으로 옮겼을 뿐이다.

"삼촌이 쓸 침대 새로 사야 되잖아?"

침대가 옮겨진 빈자리를 보며 민수가 그렇게 말하자 아빠가 가만

히 고개를 저었다.

"침대가 오히려 불편할 수도 있을 거야. 거기서 안 쓰던 거라면 말이다."

그래서 침대를 사는 것은 두고 보기로 했고, 점심으로 짬뽕을 시켜 먹은 아빠와 민수는 민지 방을 좀 청소하기만 했다.

정확하게 다섯 시 오 분.

마당에 서 있는데 대문 밖에서 차 소리가 들렸다. 아빠 차다. 민수는 얼굴이 긴장으로 굳는 것을 느꼈다.

"자, 이 집이다. 이리 들어와."

아빠 목소리. 뒤이어 웅얼대는 목소리가 들렸지만 무슨 말인지 알아들을 수 없었다. 대문 열쇠 돌아가는 소리가 들리고 문이 열렸다.

아침에 들고 갔던, 체크무늬 가방을 든 아빠가 먼저 들어왔다. 뒤를 따라 밤색 가방을 든 한 남자가 엉거주춤 들어왔다. 감색 양복바지에 연두색 점퍼를 입은 남자였다. 물론 삼촌일 것이다. 삼촌은 쪽 대문으로 들어와서 허리를 폈다. 백칠십 센티미터인 아빠보다 키가 작았다. 백칠십사 센티미터인 민수 키보다 칠에서 팔 센티미터 이상 작을 것 같았다.

마당에 서 있는 민수를 본 아빠가 과장되게 웃으며 말했다.

"응, 기다렸구나. 삼촌이다. 인사해."

"안녕하세요."

민수는 고개를 숙이며 인사했다.

"어, 네가, 민수. 반갑다."

삼촌은 민수처럼 고개를 숙이면서 낮은 목소리로 말했다. 어리둥절한 표정이었고, 행동은 좀 과장해서 말하면 목각 인형처럼 어색하게 느껴졌다. 몸보다 한 치수 정도는 커 보이는 새 옷(아빠가 아침에 가방에 넣어 가지고 간) 때문에 더 그렇게 느껴지는 것 같기도 했다. 꼭 초등학교 때 시골에서 전학 온 학생이 담임선생을 따라 처음 교실에 들어섰을 때의 모습 같았다.

아빠가 삼촌의 팔을 잡아 현관문 쪽으로 끌었다.

"자, 집으로 들어가자. 네 형수와 민지 그 녀석은, 마침 처갓집에 일이 좀 있어서, 자 자, 들어가자니까. 들어가자, 영호야!"

아빠의 표정이나 행동은 삼촌 못지않게 어색했고, 목소리는 어울리지 않게 컸다.

어때?

늦은 밤에 엄마가 민수 핸드폰으로 전화를 했다. 꼭 누가 옆에서 듣고 있기라도 하는 것처럼 낮고 작은 목소리였다.

뭘?

네 삼촌 말이야.

어떻기는.

괜찮아?

그냥, 말이 없고 그래.

알았어. 너 흔들리지 말고 공부 열심히 하고 그래.

알았어. 걱정 마.

아무튼 네가 침착한 것 같아서 다행이다. 무슨 일 있으면 전화하고.

엄마는 민수가 어떻게 밥을 챙겨 먹고 옷을 입을 것인지는 묻지도 않았다. 당연하다. 아빠가 있으니까. 엄마 아빠는 신혼 때부터 가사를 분담해서 했다고 한다. 엄마가 임신을 해서 힘들 때나 민수나 민지가 갓난애일 때는 아빠가 더 많이 집안일을 맡았다고 했다. 그러니까 아빠는 요리도 엄마 못지않고, 옷을 빨고 다림질하는 것도 아주 익숙하게 해낸다. 엄마는 아빠와 민수가 어떻게 먹고 입을 것인지는 신경을 쓸 필요도 없는 것이다.

삼촌과 함께 처음 밥을 먹은 저녁 식탁은 아빠가 준비한 김치찌개가 주 메뉴였다. 큰 냄비에 가득한 김치찌개에는 두부가 듬뿍 들어 있었다. 거기에서 나온 사람에게 두부를 먹이는 광경은 화면에서 자주 본 것인데, 아빠는 이런 식으로라도 삼촌에게 두부를 먹이고 싶은 것 같았다.

삼촌은 고개를 숙이고 밥을 먹었다. 아빠는 밥 먹는 것을 방해하지 않으려는 듯 별로 말을 붙이지 않았다. 삼촌도 말 없이 밥을 먹었다. 식사를 끝내고 과일을 먹을 때에도, 삼촌은 사과를 열심히 씹어 먹을 뿐이었다.

하루, 이틀, 사흘…… 일주일이 지났다.

그동안 민수는 삼촌을 조심스럽게 관찰했다. 주방에서 밥을 먹을 때나 거실에 있을 때 등 서로 마주칠 때는 물론이고, 민지 방(지금은 삼촌이 쓰는 방)에 있을 때도 은근히 벽에 귀를 기울이게 되었다.

그 방은 민수 방과는 벽 하나 사이니까 좀 큰 소리 정도는 들을 수 있었다. 민수는 그렇게 신경을 쓰는 것이 당연하다고 생각했다. 어차피 삼촌과 살아야 한다면 삼촌이 어떤 사람인지 파악해야 하는 거니까.

그렇게 파악한 바로는, 일단 삼촌은 조용한 사람이었다. 아빠나 민수랑 함께 있는 자리에서는 거의 입을 열지 않았다. 아빠가 뭘 물을 때면 낮은 목소리로 간단하게 대답하는 정도였다. 민수에게도 무엇을 묻거나 자신의 이야기를 하지 않았다. 행동도 그랬다. 조용조용 움직였는데, 그것도 정해진 장소와 이동 경로를 거의 벗어나지 않았다. 민지 방에서 나와 화장실을 갔다가 다시 민지 방으로 가고, 가끔 거실 소파(정해진 자리처럼 베란다 쪽 귀퉁이)에 앉아 텔레비전을 보는 정도였다.

'뭔가 특별한 행동을 하거나 내 생활을 방해하면 어떻게 하지?'

민수가 그런 걱정을 했던 것이 약간 우스울 정도였다. 아빠 말대로 삼촌은 세상에 '적응'하기 위한 준비를 잘하고 있는 것 같았다. 아무튼 안심이 되었다.

하지만, 그런 안심은 보기 좋게 빗나가고 말았다.

월요일 밤, 그러니까 삼촌이 집에 온 지 정확히 일주일 뒤 밤이었다.

민수가 집 앞까지 온 것은 거의 한 시에 가까운 시각이었다. 수학 학원이 끝나고 편의점에서 컵라면을 먹으면서 병주랑 좀 길게 이야기를 했기 때문이다. 병주 문제였다. 병주는 좋아하는 애가 아무래도 마음이 변한 것 같다는 고민에 빠져 있었다. 문자도 씹고 전화를 해도 바쁘다고 끊어버리고 만나자고 하면 다른 약속이 있다고 뺀다는 것이다. 민수는 이 비슷한 고민을 중학교 때부터 병주한테 수없이 들었다. 제멋대로 찍어서 좋아하고, 그 애가 자기를 좋아하지 않는 것 같다고 고민에 빠지고는 한다.

지겨웠지만, 민수는 참고 들었다. 녀석의 말을 끊고 삼촌의 이야기를 탁 꺼내버릴까 하는 생각도 하기는 했다. 십칠 년을 감옥에서 있었다는 삼촌이 민수네 집에 왔다는 이야기를 하면 녀석은 벌린 입을 다물지 못할 것이다.

망설이다가 민수는 마음속으로 고개를 저었다. 아직 삼촌이 어떤 사람인지 잘 아는 것은 아니다. 겉보기는 그래도 삼촌은 무서운 범죄를 저지른 사람이다. 왜 그랬는지도 모르고 있는 상태다. 아무리 친한 병주라 하지만 지금은 그런 말을 꺼낼 때가 아니라는 판단이 들었다.

동네 앞에서 옆 아파트 단지에 사는 병주랑 헤어졌다. 모퉁이를 돌아 집으로 가는 골목으로 들어갔다. 몇 걸음 걷다가 민수는 무심코 고개를 들었다. 순간, 민수는 헉! 숨이 목에 걸리면서 멈칫 굳고 말았다.

민수네 집 옥상에 검은 그림자 하나가 웅크리고 앉아 있었다. 민수가 서 있는 골목에서 가까운 거리다. 골목 쪽으로 등을 돌린 검은 그림자는 꼭 목표를 신중하게 노리는 맹수 같았다.

‘도, 도, 도둑이야!’

하지만 소리는 입안에서만 맴돌고, 두 발은 땅에 딱 붙어버린 듯 꼼짝할 수 없었다. 소리를 내거나 움직여서 저 검은 물체에게 발견되는 순간, 훌쩍 골목으로 뛰어내려 민수를 덮쳐버릴 수도 있다. 날렵한 도둑이라면 옥상에서 담 밖으로 뛰어내리는 정도는 아무것도 아닐 수 있다.

얼마나 시간이 지났는지 모른다. 십 초일 수도 있고, 몇 분이 지났을 수도 있다. 머릿속이 텅 비고 몸을 꼼짝할 수가 없는 상태라 민수는 짐작도 할 수 없다.

웅크리고 있던 검은 물체가 서서히 몸을 일으켰다. 마침내 목표를 정한 맹수가 행동을 개시하는 것처럼. 민수는 담장 밑으로 붙으면서 슬며시 주저앉았다. 혹시 소리라도 나지 않을까 가슴이 조여드는 느낌이었다.

일어선 검은 물체가 몸을 돌렸다.

‘삼촌!’

삼촌이었다. 희미한 달빛에 드러난 얼굴은 분명 삼촌이 맞았다.

긴장이 풀렸지만, 민수는 담장 아래에 그대로 앉아 있었다. 삼촌을 부르지도, 곧바로 집으로 들어가지도 못했다. 민수는 삼촌이 옥상에서 내려간 뒤 한참 동안이나 골목에 있다 집으로 들어갔다. 마당은 물론이고 거실도 불이 꺼져서 집안은 고요했다. 민지 방도 불이 꺼져 있었다. 민수는 발소리를 죽여 자기 방으로 들어갔다. 방 안에 들어가서야 길게 숨을 내쉴 수 있었다.

옥상에 서 있는 삼촌은 너무나 낯설었다. 키가 작고 말이 없는, 지난 일주일 동안 봤던 삼촌이 아닌 것 같았다. 전혀 다른 사람이라는 느낌이었다. 뭔가 모르지만 그동안 속고 있었다는 생각이 들기도 했다.

그런데, 그걸로 끝이 아니었다.

두 시 가까이 되었을 때였다. 민수는 아직 잠을 자지 못하고 뒤척이고 있었다. 한 시 삼십 분쯤에 침대에 누웠지만 다른 때와 달리 쉽게 잠이 오지 않았다. 아까 골목에서 본 장면이 자꾸 떠올랐다.

'삼촌은 어떤 사람이지? 이런 시간에 옥상에서 무얼 하고 있었던 거야?'

다시 벽 쪽으로 돌아누울 때였다.

궁, 궁, 궁! 잠시 후다. 궁, 궁, 궁, 궁!

민지 방(삼촌이 있는 방)에서 나는 소리다.

'저건 뭐야? 무슨 소리지?'

민수는 벽 쪽으로 고개를 기울이고 귀를 쫑긋 세웠다.

궁, 궁, 궁, 궁, 궁!

마치 무언가를 주먹으로 치는 듯한 둔탁한 소리다.

저 방에는 삼촌밖에 없다. 그러니까 지금 무언가를 치는 사람은 삼촌일 수밖에 없다.

'삼촌이 무엇을?'

민수는 숨을 죽이고 벽에 귀를 모았다.

그 소리가 그치고 이제 발자국 소리가 들리기 시작했다.

자박, 자박, 자박, 자박……

방 안을 돌아다니는 발걸음 소리다. 그리고 겹쳐서 들려오는 그 궁, 궁, 궁, 궁…… 소리.

이불을 뒤집어썼지만 민수는 잠을 잘 수가 없었다.

민수가 아빠에게 그 이야기를 꺼낸 것은 수요일 밤이었다.

지난밤에도 새벽 두 시 가까이 되자 역시 그 소리, 발걸음 소리와 무언가를 내리치는 소리가 들려왔다. 그 소리는 삼십 분이 넘도록 이어졌고, 민수는 소리가 멈춘 뒤에도 한 시간 이상 잠을 잘 수가 없었다. 이제 더 확인할 것도 없다는 생각이었다.

"왜?"

민수가 안방으로 들어가자 신문을 들척이던 아빠가 고개를 들며 물었다. 민수는 방문을 닫고 손잡이 꼭지를 눌렀다.

아빠의 눈동자가 둥그렇게 커졌다.

민수는 이틀 전 골목에서 옥상의 삼촌을 발견한 이후에 벌어진 일을 자세히 말했다. 심각한 표정을 하고 민수의 이야기를 들은 아빠가 물었다.

"정말 네가 보고 들은 거 맞아?"

"아, 아빠는. 분명하다니까. 이틀씩이나 들었어. 새벽까지 잠을 못 잤어. 나도 내일 외갓집에 갈 거야!"

민수는 그렇게 마음을 바꿨다. 뭔가 불안하기도 하고, 꺼림칙하기도 했다. 이제 옆방에서 들려오는 소리를 무시하고 잠을 잘 수도 없었다. 깊은 밤에 들려오는 궁, 궁 소리와 자박, 자박 발소리는 등

골을 오싹하게 만들었다.

아빠가 민수의 눈을 들여다보며 말했다.

"그 문제는 조금만 기다려보면 좋겠다. 내가 영호 삼촌하고 이야기해볼게. 분명 무슨 이유가 있을 거야."

민수는 깜짝 놀랐다.

"내가 이런 이야기했다고 하지 마!"

아빠가 픽 웃었다. 하지만 얼굴 표정은 여전히 심각했다.

"그래, 안 한다. 내가 옥상에 있는 것도 보고, 또 그 소리도 거실에서 들었다고 할게."

민수가 자기 방으로 들어온 뒤 아빠가 삼촌을 안방으로 부르는 소리가 들렸다.

아빠와 삼촌은 오래 이야기를 했다. 열두 시 가까이 되어서 민수가 화장실을 갈 때도 아빠 방에서 말소리가 들렸다. 침대에 누워 있다가 민수는 깜빡 잠이 들었고, 깨어보니까 아침이었다. 이틀이나 잠을 설쳐서 수면 부족 상태였던 것 같았다. 물론 전날 밤에는 옆방에서 들려오는 소리는 듣지 못했다.

아침 식탁에서 아빠나 삼촌은 별다른 이야기를 하지 않았다. 민수를 대하는 얼굴도 예전과 같았다. 학교 가는 시간 때문에 길게 얼굴을 마주하고 있을 시간도 없기는 했지만.

식사 후 삼촌이 화장실에 들어간 틈을 타서 민수가 아빠에게 작은 소리로 물었다.

"뭐래?"

아빠가 씩 웃었다. 이번에는 표정도 심각하지 않았다.

"별일 아니야. 밤에 삼촌한테 들어라. 시간 늦겠다. 빨리 학교 가."

야자를 끝내고 오니까, 안방에서 말소리가 들렸다. 아빠와 삼촌의 이야기는 어젯밤처럼 길게 이어지는 것 같았다.

열두 시 가까이 되었을 때였다.

똑, 똑, 똑.

조심스럽게 민수의 방문을 두드리는 소리가 들렸다.

'삼촌이다!'

순간 민수의 머리를 스치고 지나간 생각이다. 아빠가 저런 식으로 문을 두드리지는 않으니까.

"예."

소리가 목에 걸려서 잘 나오지 않았다.

문이 열리고 삼촌이 들어왔다.

"좀 앉아도 될까?"

"예."

민수는 의자를 삼촌에게 내주고 침대로 옮겨 앉았다. 둘이 이렇게 마주 앉은 것은 처음이다. 어색했다.

잠시 방바닥을 내려다보고 있던 삼촌이 입을 열었다.

"먼저 미안하다는 말을 해야겠구나."

"……"

"없었던 삼촌이, 그것도 이런 모양으로 나타나서 말이다."

대답할 말이 생각나지 않았다. 민수는 고개를 돌려 책상 옆에 붙은 아이돌 가수의 브로마이드를 보았다. 삼촌이 말을 이었다.

"네가 본 것과 들은 것 말이다."

순간, 민수는 피가 쑤욱 머리로 치솟는 것을 느꼈다. 삼촌이 민수의 표정을 읽은 것 같았다.

"그것, 아빠 원망할 일 아니고, 내 말 들어보면 알게 될 거다. 들어볼래."

민수는 머리를 숙인 채 고개를 끄덕였다. 당연히 뭐라고 할 말이 없었다. 숨을 크게 쉴 수도 없었다.

"사실은 그게 말이다. 옥상에 올라간 것은, 그냥 답답해서, 거기에 올라가 있으면 숨통이 트이더구나. 여기 오고 나서 이틀이 지난 뒤부터 밤늦은 시간에 올라가 앉아 있었다. 그리고 네가 들었던 소리는 말이다. 그건 좀 설명하기가 쉽지는 않지만……"

삼촌의 설명에 따르면 궁, 궁 소리는 삼촌이 자기 가슴을 주먹으로 두드리는 소리였고, 자박자박 소리는 방 안을 돌아다니는 소리였다는 거다.

"……언제부터인지는 정확하지 않지만, 그곳에 갇힌 뒤부터 말이다. 가슴이 답답하게 막혀오면 주먹으로 가슴을 때려줘야 했다. 그래야 견딜 수 있었어. 생각하면 아마, 내 인생이랄까, 운명이 너무 절망스러워서, 눈앞이 깜깜하고 숨이 막혀와. 그러면, 주먹으로 가슴이라도 쳐야 어떻게 참을 수 있는 거야."

민수로서는 예상도 하지 못했던 말이었다. 역시 할 말이 떠오르지 않아 가만히 있었다.

길게 한숨을 내쉰 삼촌이 말을 이었다.

"그리고 발소리는, 이곳에 와 혼자 방을 쓰다 보니까 더 잠이 안 오더라. 오랫동안 혼자서 있어본 적이 없었거든. 그래서 그렇게 방 안을 걸었던 것이고."

삼촌의 말을 듣고 보니 좀 허탈하고 부끄러운 기분이었다. 잘 알지도 못하면서 수선을 떤 셈이었다. 뭐라고 변명이라도 해야 할 것 같았다.

"저는, 그냥 잘 몰라서……"

민수가 말을 끝맺지 못하고 얼버무리자 삼촌이 말을 받았다.

"아니다. 네 입장에서는 당연한 거지. 낯선 사람이 삼촌으로 나타난 데다 수상한 행동에 이상한 소리까지 들었으니 놀랐겠지. 그건 자연스러운 거고, 또 네가 그런 내 꼴을 발견하고 이야기도 해줘서 고맙다."

'무슨 말이지?'

민수는 고개를 들어 삼촌의 얼굴을 보았다.

"사실 어젯밤부터 오늘 밤까지 형하고 긴 이야기했다. 결론을 내렸어. 네가 옥상에 있는 나를 봤기에 나도 그런 좋은 생각을 해낸 거지. 형이 결국 나한테 졌고."

"뭐 말예요?"

처음으로 삼촌이 조금 웃었다.

"아주 멋진 계획이지. 네 덕분에 그걸 생각한 거야. 고맙다!"

이틀 후인 놀토 아침.

늦잠을 자고 있는데 방문을 두드리는 소리가 들렸다.

"예에."

민수는 침대에서 이불 밖으로 고개만 내밀고 대답했다. 슬며시 방문이 열리고 삼촌이 들어왔다. 삼촌은 배낭을 메고 있었다. 배낭은 상표도 안 뗀 새것이었는데, 물론 아빠가 사다 주었을 것이다.

"나랑 잠깐 어디 좀 갈 시간 있니?"

민수는 꾸물거리며 윗몸을 일으켰다.

"시간은 있지만…… 어디요?"

"약수터 뒤 산자락에 요양원 짓고 있다던데?"

엄마가 했던가 아빠가 했던가, 아무튼 그런 말을 들은 것 같다. 민수는 고개를 끄덕였다.

"거기 길 좀 안내해주면 안 되겠니? 흙이 필요하거든."

"흙이요? 옥탑방 짓는 데에 쓰게요?"

"그건 아니야. 옥탑방 짓는 데는 시멘트가 필요하지, 흙은 소용없어."

"그런데요?"

"가면서 이야기하자."

이틀 전 민수 방에서 삼촌이 말한 '멋진 계획'은 옥상에 옥탑방을 짓는 거였다. 이틀 동안 아빠랑 말씨름을 해서 마침내 결론을 내렸다고 했다. 어제 아빠 말을 들으니까 처음에 삼촌은 집을 나가겠다고 주장했다는 거다. 나가서 혼자 살 테니 방 얻을 돈만 빌려달라고 했다는 거다. 물론 아빠는 그건 절대 안 된다고 주장을 했고.

아빠의 결심이 확고한 것을 안 삼촌은 그러면 옥상에 방을 들이겠다고 했단다. 그 아이디어를, 삼촌은 민수가 자신을 옥상에서 발견한 사건으로 얻은 것 같았다. 그래서 민수 덕분이라고 고맙다고 했고. 이번에는 삼촌의 결심이 확고했고, 결국 아빠도 동의했다는 것이다.

민수는 삼촌과 같이 대문을 열고 나갔다. 약수터는 동네 뒤 지름길로 가면 십 분 정도 걸린다. 요양원을 짓고 있다는 산자락은 약수터에서 모퉁이만 돌아 내려가면 나온다. 아빠가 길 안내를 맡긴 데에는 아마 민수를 삼촌과 좀 가깝게 만들려는 계산이 작용했을 것이다.

그건 그렇고, 흙이 왜 필요한지 궁금했다. 민수는 약수터로 올라가는 골목으로 들어서면서 물었다.

"흙은 왜요?"

"응. 옥상이 꽤나 넓더라. 그래서 말이야."

"옥상에는 옥탑방 짓는다면서요?"

"물론 옥탑방은 지을 거고. 그래도 남은 터가 꽤나 넓어."

그건 그랬다. 옥탑방을 얼마나 크게 짓는지는 모르지만, 방 하나 정도 크기면 남은 면적이 상당할 것이다. 아래층 넓이를 생각해 보면 짐작이 간다.

삼촌이 말을 이었다.

"그 남은 터에 채소밭을 하나 만들고 싶어."

'이건 도대체 무슨 소리지? 옥상에 채소밭이라니.'

"채소밭이요?"

"그 뭐냐 하얗고 가벼운 상자 말이야?"

"스티로폼 상자요?"

"그래. 그 상자에 흙을 채워서 채소들을 가꾸면 돼. 내가 거기 있을 때 꽃밭도 가꾸고 그래서, 식물은 좀 알거든. 틈틈이 식물들 키우는 책을 보기도 했고."

"거기서 공부도 했어요?"

"공부랄 것까지는 안 되고. 책 볼 수 있는 시간은 많으니까."

약수터 뒤 산자락에 도착해보니 삼 층짜리 요양원이 다 지어졌고, 이제 주변 다듬기만 남은 것 같았다. 건물 옆에는 공사를 하면서 파낸 검붉은 흙이 아직도 산더미처럼 쌓여 있었다.

삼촌은 배낭에서 작은 접이식 삽을 꺼내며 민수가 묻지도 않았는데 설명했다.

"형이 어제, 여기서 흙 파가도 된다고 허락 받았대. 공사하는 사람들이야 어디로든 날라서 치워야 하니까 많이 가져갈수록 좋다고 했대. 우리가 가져가는 건 작은 트럭 하나로 실을 정도나 될 거니까 별 도움이 안 되겠지만."

삼촌은 그렇게 해서 옥탑방을 짓는 일과 옥상에 채소밭을 만드는 일을 함께 해나갔다. 옥탑방을 만드는 데 필요한 벽돌과 시멘트, 각목 등의 재료, 채소밭을 만드는 데에 필요한 바닥에 구멍이 뺑뺑 뚫린 스티로폼 상자를 수십 개 사 나르는 일은 역시 아빠 몫이었다.

삼촌은 옆에서 지켜보는 사람도 느낄 정도로 열심히 일을 했다.

땀을 뻘뻘 흘리며 벽돌을 쌓고 톱질을 하고 못질을 했다. 그날 일이 잘 마무리가 되지 않으면 밤까지도 계속할 정도였다. 한번은 민수가 야자를 끝내고 대문을 열고 들어오는데, 옥상에서 뚝딱대는 소리가 들렸다. 목련나무 뒤의 옥상으로 통하는 계단을 올라갔더니, 삼촌은 달빛 아래서 못질을 하고 있었다. 달빛 아래 꾸부정한 자세로 서서 못질을 하는 삼촌의 모습을 한참 동안 바라보다 민수는 조용히 내려왔다.

시원한 아침이나 저녁때는 약수터를 왕복하며 배낭에 흙을 담아 날랐다. 아빠가 사온 스티로폼 상자를 줄지어 늘어놓고 흙을 채웠다.

삼촌은 아침이나 저녁 식사 때만 잠깐 식탁에 앉고, 나머지 시간은 거의 옥상에서 보냈다. 옥탑방을 만들고, 스티로폼에 흙을 채워 나가는 일로 삼촌은 하루 종일 바쁜 것 같았다.

민수도 자연스럽게 옥상을 오르내리게 되었다. 토요일이나 일요일 같은 때는 주스나 생수를 들고 올라가서 삼촌이 작은 톱과 끌 같은 도구를 사용하여 익숙한 솜씨로 날렵한 창틀을 만드는 것을 구경하기도 했다.

삼촌은 민수가 입던 낡은 티셔츠를 입고 일을 했다. 얼굴은 검게 탔고 검붉은 팔뚝에도 알통이 튀어나와 힘 있게 보였다.

일요일 오후, 모래와 시멘트 섞는 삽질을 하는 삼촌의 팔뚝을 바라보고 있는데 푸웃 웃음이 나왔다.

민수가 웃는 소리를 삼촌이 들은 것 같았다. 고개를 돌리더니 목에 걸친 수건으로 땀을 닦으며 물었다.

"왜?"

"그냥요."

민수가 웃은 것은, 삼촌이 오기 전 했던 생각 때문이다. 그때는 무서운 '범죄자'인 삼촌 얼굴에는 칼자국이 나 있을 것이고, 팔뚝에 뱀이나 단도 모양의 시커먼 문신이 그려져 있을 거라고 생각했었다. 물론 얼굴에 칼자국은 없었고, 팔뚝에 문신 따위도 없었다. 그렇다고 삼촌에게 그 이야기를 할 수는 없었다.

삼촌은 고개를 돌리고 다시 힘차게 삽질을 했다. 그때 문득 민수에게 생각이 하나 떠올랐다.

'그렇다. 굿 아이디어다!'

"잠깐 내려갔다 다시 올게요."

민수의 말에 삼촌이 허리를 펴고 눈을 크게 떴다.

"?"

민수는 잠시 기다리라는 손짓을 하고 옥상을 내려왔다.

민수가 떠올린 생각은 이 옥상의 현장을 캠코더로 찍자는 거였다. 옥탑방이 지어지는 모습, 이제 싹이 터서 새끼손가락만 하게 머리를 내민 채소들의 모습을 찍자는 생각이 든 것이다. 줄지어 선 스티로폼 상자에서 파릇파릇 자라는 채소들로 옥상은 마치 작은 밭처럼 보이기도 했다.

그리고 무엇보다 땀을 뻘뻘 흘리고 열심히 일을 하는 삼촌을 찍고 싶었다.

민수는 장롱 속에 들어 있는 캠코더를 꺼냈다. 좀 낡은 것이기는 하지만, 칩 하나로 한 시간 가까이 담을 수 있다.

이 캠코더를 산 것은 민수가 초등학교 5학년 때였다. 한때는 집에서 벌어지는 일 중 조금이라도 중요하게 생각되는 것은 빼놓지 않고 찍어서, 이런저런 이름을 붙여 영상으로 남기곤 했었다. 집 옥상이 확 바뀌는 이 사건이야말로 꼭 남겨야 할 일이라고 생각했다.

"그게 뭐냐?"

민수가 들고 올라온 캠코더를 본 삼촌이 물었다.

"캠코더요."

"캠코더?"

"영화처럼 찍는 거예요. 최신형은 아니지만 이것도 아직 쓸 만해요."

"비디오 같은 거구나. 그건 왜?"

"여기 옥상 찍으려고요. 옥탑방 지어지는 것, 채소밭 만들어지는 것, 이런 것들 찍어두면 좋을 것 같아요. 삼촌은 그냥 하던 대로 일하세요. 내가 틈틈이 찍어서 나중에 보여줄게요."

"그래, 네 마음대로 하려무나."

그날 이후로 민수는 틈틈이 시간 나는 대로 옥상에 올라가서 점점 꼴을 갖춰가는 옥탑방과 채소밭에서 하루하루 쑥쑥 키가 커가는 상추와 쑥갓, 고추를 찍었다.

엄마와 민지가 외갓집으로 간 지 삼 주가 지난 월요일.

저녁 급식 시간에 엄마가 학교 앞 돼지갈비 집으로 왔다.

"어떠니?"

갈비 이 인분을 주문한 엄마가 살짝 이마를 찡그리며 물었다.

"뭐가?"

"뭐기는 뭐야. 집이 어떠냐는 거지."

"옥탑방 짓고 있는 중이야."

이건 엄마도 아는 거다. 며칠 전 통화에서 민수가 옥탑방 짓는다는 말을 했으니까. 아빠하고도 통화해서 알고 있을 것이고. 완전히 화해를 한 것 같지는 않지만, 엄마 아빠가 가끔 통화는 한다는 것을 안다.

"공부는 열심히 하고 있지?"

"그렇지, 뭐. 삼촌이 있다고 해서 달라진 것은 없고. 참, 민지는?"

"민지야 살판났지. 외할아버지 할머니가 예뻐하니까 제 세상이지. 너무 살찔까 걱정이다."

"아, 참. 그리고 또 하나 있어."

"뭐가?"

"삼촌이 옥상에 밭을 만드는 중이야."

"뭐, 밭?"

"그래, 씨 뿌리고 모종이랑 심고 그랬어."

"밭은 왜 만든다니?"

"우리같이 옥상이 있는 집은 지붕에 흙이 있으면 여름에 시원하고 겨울에 따뜻하대."

민수는 삼촌에게 들은 말을 했다. 무엇을 생각하는지 엄마는 말이 없었다. 민수가 말을 이었다.

"싱싱한 채소도 먹고 좋잖아."

후— 한숨을 쉰 엄마가 말했다.

"참, 부지런한 사람이기는 한가 보다."

그때 갑자기 한 가지 상상이 떠올랐다. 삼촌이 혼자 가슴을 쳐대는 장면이었다.

"그렇고, 킹콩이기도 해."

민수가 불쑥 한 말에 엄마가 눈을 크게 떴다.

"킹콩?"

"그래."

"고릴라 같은 것 말이야? 무슨 말이니 그게?"

*　　*　　*

삼촌이 민수네 집에 온 지도 한 달이 넘었다.

옥탑방은 지붕 정도만 남고 거의 형태를 갖추었다. 채소밭도 파란빛이 한층 더 짙어지고 있었다. 빨리 자라는 상추는 솎아서 먹을 수 있을 정도가 되었다.

민수가 찍은 캠코더의 동영상은 오십 분 정도 길이가 채워졌다. 나머지 십 분은 옥탑방이 완성되는 날을 위해 남겨두었다.

토요일 밤, 저녁을 먹은 삼촌은 옥상으로 올라갔다. 민수도 삼촌을 따라서 옥상으로 갔다. 삼촌이 현관을 나서면서 민수에게 손짓을 했던 것이다.

옥탑방 앞은 전선을 끌어와서 전구를 켤 수 있었다. 바람이 시원한 오월 밤이었다. 두 사람은 옥탑방 앞 빈터에 깔린 돗자리 위에 나란히 앉았다.

"그 비디오인지 하는 것은 다 찍은 거니?"

"좀 남았어."

일주일 정도 되었을까. 민수는 자연스럽게 삼촌에게 높임말을 쓰지 않게 되었다. 처음 민수가 아빠에게처럼 말했을 때, 삼촌은 검은 얼굴에서 하얀 이가 훤히 드러날 정도로 웃으며 좋아했었다.

"왜?"

"이 옥탑방 완성되는 날 찍으려고."

"다 찍으면 한번 보고 싶은데."

"물론 시사회를 해야지."

말이 끊어졌다. 삼촌이 이 말을 물으려고 민수를 부르지는 않았을 텐데 하는 생각이 들었다. 그렇지만 민수는 더 아무 말 하지 않고 차츰 어두워지는 하늘만 보았다.

잠시 후, 삼촌이 불쑥 말했다.

"고맙다 민수야."

"뭐가?"

"사실은 말이다. 사실은……"

삼촌이 휴우— 한숨을 쉬고 말을 이었다.

"……민수 네가 없었으면, 너도 외갓집에 가버린 상태였다면, 나는 여기를 나갔을 거다. 아무리 형이 잡아도, 나가서 어떻게 살던 지 이 집을 떠나고 말았을 거야. 나 때문에, 나 하나로 형이 가족 모두와 떨어져 사는 것을 어떻게 견디겠냐. 민수 네가 아빠 곁에 있어서, 네가 나를 삼촌으로 봐줘서, 내가 이렇게 마음잡고…… 아무 튼 고맙다."

삼촌 말을 듣다 보니 엄마를 따라 외갓집으로 간 민지가 삼촌을 피한 셈이 돼버린 것 같았다. 그건 민지한테는 억울한 거다. 민지는 영문도 모른 채 엄마를 따라갔으니까. 그리고 엄마도 너무 이해심 이 없는 사람이 된 것 같아 가슴이 답답했다.

"삼촌, 민지는 삼촌이 온다는 사실도 모르고…… 엄마도, 갑자 기 삼촌이 온다니까, 삼촌을 전에 잘 알았던 것도 아니고……"

전에 아빠랑 엄마가 한창 다툴 때 들으니까 엄마는 결혼식 때 삼 촌 얼굴을 잠깐 본 것이 전부라고 했다. 얼마 후 삼촌이 감옥에 가 고, 민수를 가진 엄마는 입덧이 심해서 삼촌 면회도 가지 못했다고 한다. 그리고, 아빠가 말렸다는 것도 같았다. 이후에도 삼촌 면회는 아빠 혼자 다니면서 주위에도 쉬쉬해온 것 같았다. 일요일 아침에 일찍 나가곤 하던 아빠의 낚시 취미는, 사실은 삼촌 면회를 위장한 거였다.

그러니까 엄마는 삼촌 얼굴을 기억도 하지 못하는 상태였다. 엄 마가 삼촌과 같이 사는 것을 강력하게 거부한 이유는, 민수나 민지 가 걱정이 됐겠지만, 엄마 때문이기도 했을 것이다. 엄마는 낯선 삼촌, 감옥에서 십칠 년이나 있었던 삼촌, 그 삼촌과 같은 집에서 산다는 것을 두려워했을 것이다. 그래서 외갓집으로 피해버린 것이다.

민수가 그런 것들을 어떻게 설명해야 좋을지 몰라 머뭇거리자, 삼촌이 손을 저으며 말을 받았다.

"알아. 그런 말이 아니야. 민지가 나를 피했다는 말이 아니고. 형수님이 그런 것도 충분히 이해해. 갑자기 얼굴도 잘 모르는 시동생이, 더구나 그런 곳에서 오래 있었던 사람이 사십이 다 되어 나타난다면 놀라지 않을 사람이 어디 있겠냐. 그런 시동생과 같은 집에서 얼굴을 보고 살아야 한다면 얼마나 큰 부담이 되겠니. 형수님 마음 충분히 이해해. 내가 무슨 자격으로 형수님을 탓할 수 있겠니. 다만 죄송스러울 뿐이지."

민수는 대꾸하지 않았다. 삼촌이 한 말이 대강 민수가 하고 싶은 말이어서 더 덧붙일 말이 없었다.

고개를 숙이고 있던 삼촌이 잠시 후에 입을 열었다.

"내 말은 그게 아니고, 내가 온다는 것을 알면서도, 그런 곳에서 있던 삼촌이라는 사람이 말이다, 그걸 알면서도 네가 여기 남아줘서 나는 이런 옥탑방도 만들고 채소도 가꿀 수 있었다는 거야. 정말 고맙다."

"뭐, 그거야…… 삼촌이잖아."

"녀석은…… 그런데 어떻게 해서 아빠랑 남아 있을 생각을 했어? 외갓집이 가까워 거기 가서도 학교 다니는 것 문제가 없을 텐데?"

'아빠의 눈물 때문이야. 아빠가 삼촌 이야기를 하면서 우는데 어

쩌지 못하겠더라고.'

하지만 민수는 그 말은 하지 않았다. 어쩐지 가슴에 묻어둬야 할 말 같았다.

"그건, 그냥, 여기서 학교 다녀야지 가기는 어딜 가. 그건 그렇고……"

민수는 대신 그동안 쭉 궁금했던 것을 묻고 싶었다.

"삼촌, 뭘 좀 물어봐도 돼?"

아빠한테 슬쩍 물어본 적이 있었다.

"그냥 그놈이, 순간 정신이 나가서 미친 짓을 한 거다."

아빠는 굳은 얼굴로 그렇게 말했다. 아빠에게는 더 이상 물어볼 수도 없는 분위기였고, 또 삼촌한테 직접 듣고 싶기도 했다.

민수가 묻고 싶은 것은 그거였다. 왜 삼촌이 그런 죄를 지었는지, 어떻게 하다 사람을 죽이게 되었는지 말이다. 삼촌이고 조카 사이 니까, 이제는 알아야 할 것 같았다.

"물어봐."

삼촌이 민수의 얼굴을 보면서 대답했다. 그런데 막상 삼촌 얼굴 을 보니까 쉽게 입이 열리지 않았다. 아무리 긴 세월이 지났어도 삼 촌한테는 큰 상처로 남아 있을 거라는 생각 때문이었다.

민수가 머뭇대는 것을 보더니 삼촌이 먼저 입을 열었다.

"내 짐작이 맞다면, 너는 이걸 묻고 싶은가 보구나. 형이 자세히 이야기해주지 않았을 테니까. 괜찮아. 물어도 된다. 사실은 내가 너 에게 하고 싶었던 이야기다. 우리 사이에 벽이 없으려면 그걸 털어놓아야겠지."

"……"

"내가 재수를 하던 때였다. 지금은 어떤지 모르겠다만, 학원가란 곳이 유흥가하고 맞붙어 있어서 밤만 되면 아주 혼란스러웠지. 어느 날……"

초여름의 어느 날 밤, 삼촌은 여자 친구와 학원 뒷골목을 걸어가고 있었다고 했다. 사귄 지 한 달 정도 되었는데, 삼촌은 그 여자 친구가 정말 좋았다는 것이다. 그런데 손을 잡고 걷던 중에 남자 두 명이 길을 막았다고 한다. 그들은 여자 친구를 희롱했고, 삼촌이 막으니까 삼촌을 마구 때렸단다. 그사이에 여자 친구는 큰 도로까지 도망을 가고, 삼촌이 쓰러지자 그들도 골목 저쪽으로 걸어가버렸단다. 하지만 삼촌은 분을 참을 수가 없었단다. 여자 친구가 희롱당하고, 또 여자 친구 앞에서 일방적으로 맞은 것이 그렇게 창피하고 화가 날 수가 없었다고 했다. 마침 골목 안쪽에 있는 철물점이 눈에 들어왔고, 그곳으로 달려간 삼촌은 식칼을 집고 호주머니의 돈을 내던지듯 하고는 그들을 따라갔단다. 입에서는 피가 흐르고 눈이 뒤집힌 것처럼 화가 나서 앞뒤 가릴 틈이 없었단다. 그렇게 뛰어가서 칼을 휘둘렀는데, 피하던 사람 하나가 발을 헛디뎌 오히려 삼촌한테 달려드는 꼴이 되었고, 삼촌이 찌른 칼에 목숨을 잃었단다.

"모든 것이 순식간이었다. 쓰러졌던 내가 벌떡 일어나서, 철물점 간판을 보고 달려가 칼을 집고, 돈을 내던지고 뛰쳐나가 그들을 따라잡고, 몇 번 칼을 휘두르다 그만 찌르고. 전혀 사람을 죽일 생각도 없었고, 순간적인 분노로 그들을 따라갔지만, 상상도 할 수 없는 결과가……"

이미 여자 친구는 큰 도로로 간 뒤였고, 그들도 삼촌을 두고 가버려서 정당방위를 인정받을 수 없었단다. 더구나 삼촌이 철물점에 돈을 치르고 칼을 산 사실이 아주 안 좋은 쪽으로 해석되었단다. 흉기를 준비해서 의도적으로 살인을 했다는 쪽으로.

"1심에서 무기징역을 선고받았다. 2심에서 이십 년으로 감형되었고, 얼마 전 모범수로 인정받아서 삼 년 감형 받은 거지. 난 지금도 그날의 악몽을 꾸곤 한단다. 그런 날 밤이면, 그날 철물점에서 칼을 갖고 나오던 시간 이전으로 갈 수만 있다면, 제발 내 인생을 새롭게 살 수만 있다면, 하는 그런 간절한 심정으로 너무 괴롭지. 내가 사람을 죽였다는 사실을 정말 믿을 수가 없고, 가슴을 날카로운 칼로 후벼 파는 것처럼 아파서 아침까지 잠을 못 잔다."

삼촌이 길게 한숨을 쉬었다. 민수는 무슨 말로든 삼촌을 위로하고 싶었다. 하지만 떠오르는 말이 없었다. 불쑥 이런 말이 나왔다.

"요즈음에는 가슴 안 쳐? 소리가 안 들리던데."

삼촌이 씩 웃었다.

"한순간에 바꿀 수가 있겠냐. 참을 수 없을 때는 옷 두껍게 입고 치지. 담요를 깔고 걷고. 아마 소리 안 들릴 거야."

'들려도 괜찮은데.'

하지만 민수는 그냥 고개를 들어 하늘을 올려다보았다. 밤하늘에는 하나둘 별이 돋기 시작하고 있었다.

삼촌이 돗자리 위에 누웠다. 민수도 따라서 누웠다. 처음에는 흐릿했는데, 자세히 보고 있으니 하늘에는 꽤 많은 별이 여기저기 빛나고 있었다.

고백

사물함에 가방을 집어넣었다. 실내화 주머니는 가방 옆에 쑤셔 넣었다.

청소 시간이 시작되었다. 여기저기서 튀어 오르는 소음이 교실과 복도에 가득하다. 깨진 유리 조각이 사방으로 흩어지는 것처럼. 종일 토막 난 시간과 네모꼴의 공간에 갇혀 있던 아이들이 한꺼번에 온몸으로 내지르는 소리다. 서로 이리저리 밀리고 부딪치는 책상과 의자까지도 억눌렀던 비명을 토해내는 것 같다.

나는 운동화를 들고 걸어나왔다. 서편 현관으로 나가려면 4, 3, 2, 1반 교실 순서로 복도를 가로질러야 한다. 나와 시선이 마주치는 아이들은 황급히 눈길을 돌렸다. 저희들끼리 소리를 지르다가 재빨리 입을 닫기도 했다. 내가 지나가는 곳은 움푹 꺼진 구덩이처럼 소음이 가라앉았다. 입을 닫은 대신 아이들은 따가운 눈총으로 내 등을 쏘아댈 것이다. 그리고 마음속으로, 아니면 자기들끼리 목소리를 낮춰 수군댈 것이다. 들리지 않는 무수한 말이 허공을 날아와 내 귀에 날카롭게 꽂히는 것 같다.

'아, 5반 그 애네''기분이 영 그렇겠다''하지만 보기에는 아무렇지도 않은 것 같지?''보는 것과 같겠냐''쟤만 무사했다며''쟤수 졸라 좋은 거지 뭐''배가 살렸다면서''배가 살리다니, 배가, 푸하하하하하……'

얼굴이 화끈거렸다. 등으로 뜨거운 열기가 훅 솟구쳤다. 하루 종일 가슴속에서 들끓던 무언가가 목까지 뻗쳐오르는 것 같다. 나는 걸음을 빨리해서 현관 밖으로 나왔다. 황급히 발에 운동화를 꿰고 건물 뒤쪽으로 돌았다. 교문으로 나가는 가장 빠른 길이다.

교문 밖으로 나왔다. 등 뒤에서 학교의 소음이 싹 지워졌다. 나는 길게 숨을 내쉬었다. 가슴 어느 한 귀퉁이가 조금 시원해지는 느낌이었다.

사물함에 가방을 넣고 운동화를 꺼냈을 때 어디로 가겠다는 생각은 없었다. 그냥 답답하다는 느낌, 이곳을 벗어나야겠다는 생각, 그뿐이었다. 아침에 교문을 들어설 때부터 그랬다. 마치 밀도가 아주 높은 답답한 공기 속으로 들어서는 것 같았다. 시간이 지날수록 공기의 밀도가 상승하는 것 같아 숨이 가빴다. 청소 시간이 시작될 때까지 겨우 버틴 것이다.

학교의 붉은 벽돌담을 끼고 큰 도로를 향해 걸어나갔다. 어디로 가겠다는 목적지는 없었다. 큰 도로로 나가 그냥 시내 쪽을 향해서 걸었다. 뚜렷한 이유는 없었다. 굳이 따지자면, 시 외곽으로 빠져나가는 반대쪽 도로로 걸어갈 수는 없다는 것이 이유가 될 수 있겠다.

시내 중심가까지 걸어갔을 때는 여섯 시가 넘은 시간이었다. 십일월 초의 해는 이미 졌다. 하늘은 캄캄했지만 가로등 빛과 상점들에서 흘러나온 전등 빛으로 도로는 환했다. 나는 올봄에 개장한 쇼핑센터로 들어갔다. 물론 무엇을 구경하거나 사겠다는 것은 아니었다. 그냥 걸어야 했고, 그쪽으로 방향을 꺾은 것이다. 쇼윈도가 갖가지 빛깔의 조명으로 화사하게 빛나고 있었다. 그 유리에 내 모습이 얼룩처럼 나타났다 사라지고는 했다. 검정 바지에 회색 상의인 촌스러운 교복 차림의 사내아이가 조금 진하게 또는 희미하게.

모퉁이를 돌자 식당가가 나타났고, 문밖으로 흘러나온 음식 냄새가 코를 찔렀다. 분식집 벽에 걸린 둥근 벽시계는 일곱 시가 가까운 시각을 가리키고 있었다. 학교에서는 이미 저녁 식사를 끝내고 야자에 들어가는 시간이었다.

코를 찌르는 음식 냄새에도 아무것도 먹고 싶지 않았다. 뭔가 배 속이 더부룩하고 가슴까지 답답하다. 점심 급식 때 몇 숟가락 먹지도 않아 배 속은 텅 비었을 테니 음식물 때문은 아니다. 무엇 때문인지 그걸 알 수가 없다.

'나는 약속을 어기지 않았다! 그럴 수밖에 없었으니까.'

수없이 마음속으로 반복한 말이다. 이 답답함에 내가 해줄 수 있는 유일한 대답이다. 하지만 목 아래쪽을 꽉 막고 있는 것 같은 답답함은 조금도 사라지지 않는다.

평소에 야자를 끝내고 오는 시간쯤에 아파트 단지로 들어갔다. 분식집에서 나와 아무 방향이나 시내를 쏘다니다 오는 길이었다.

엘리베이터 앞에 서 있는데 핸드폰이 울렸다. 가람이었다.

"야, 너 그냥 학교서 나가버렸다면서. 어디 간 거야?"

누군가 연락을 한 모양이다. 이 주일 정학을 먹은 가람이와 진호, 성운이, 희수는 함께 사설 독서실을 다닌다. 하지만 나보다 학교 소식에 더 밝은 것 같다. 통화할 때 가람이는 내가 모르는 학교 소식도 알려주곤 하니까. 아이들은 나를 뺀 넷을 은근히 응원하고 동정한다. 그 애들은 학교를 한 방 멋지게 먹었으니까.

"그냥, 좀 돌아다녔어."

가람이의 목소리가 높아진다.

"야, 부담 갖지 말라니까. 네 마음대로 배 아팠던 것이 아니잖아."

'다섯 손가락'이라고 불린 연극반 2학년 다섯 명 중에서 가람이와 나는 가장 친했다. 지난주 금요일 징계가 결정되고 이번 주 월요일부터 애들은 학교에 나오지 않았다. 아니, 나오지 못했다. 학교가 결정했으니까. 오늘이 목요일이니까 사 일째다. 그동안 가람이는 꾸준히 연락을 해왔다.

가람이의 말에 뭐라고 대꾸하기가 싫었다.

"알았어. 집 앞이야. 나중에 전화할게."

"그래라. 하여간 우리는 너한테 아무 유감없음."

'유감없음'을 또박또박 발음하고 가람이는 끊었다.

엘리베이터를 나와 번호를 눌러 출입문을 열었다. 거실은 불이 꺼져서 캄캄하다. 안방 겸 작업실로 쓰는 엄마의 방에서만 가느다란 불빛이 새어나오고 있다. 나는 그 방의 문을 열었다. 엄마는 창 아래쪽에 벽을 따라 가로로 길게 놓인 책상 앞에 앉아 있었다.

"갔다 왔어."

"응, 왔니?"

컴퓨터 화면을 들여다보며 자판을 치던 엄마가 고개를 돌렸다.

"씻고 좀 쉬어. 배고프면 뭐 마실 거나 먹을 것 냉장고에서 찾아 먹고."

"알았어."

거의 날마다 반복되는 장면이다. 내가 야자를 끝내고 돌아오는 시간은 저녁 운동을 마치고 컴퓨터 앞에 앉은 엄마가 서서히 작업에 탄력을 받기 시작하는 때이니까.

엄마가 하는 일은 번역이다. 잡지사에 다니다 나를 낳고 그만둔 엄마는, 그 잡지사에서 조금씩 번역거리를 가져다 일을 했다고 한다. 그러다가 아빠와 헤어지고 나랑 둘이 살게 되면서 본격적으로 일을 시작했다. 엄마 표현대로 하면 '두 생명의 밥줄을 걸고 뛰어들었다'는 것이다.

엄마는 자판 옆에 펼쳐진 책 위로 시선을 떨어뜨렸다. 잡지사나 출판사 독촉에 쫓기는 모양이다. 하기야 컴퓨터 앞에 앉은 엄마가 느긋한 적은 거의 없었던 것 같지만.

나는 조용히 방문을 닫아주었다.

욕실에 들어가 샤워를 했다.

방에 들어와 머리를 말리는데 문자가 왔다. 윤지였다.

어디니?

집이야.

좀 나와. 중앙.

우리 집과 윤지의 아파트 단지 사이 작은 분수대 공원을 가리키는 말이었다.

열한 시가 넘었어.

알아. 머리 터지게 영어 단어 쑤셔 넣었거든. 나도 피곤해. 그래도 너 봐야겠어. 나와!

영어 학원이 끝나고 오는 모양이다. 안 나갈 수 없다. 계속 문자를 날리고 기다릴 테니까. 청바지를 입고 모자를 썼다.

물이 나오지 않는 분수대 앞 벤치에 앉아 있던 윤지는 나를 보자마자 쏘아붙였다.

"너 상당히 이상한 것 알아?"

"왜 그래?"

윤지의 성격이 직선적이긴 하지만 예상 이상의 반응이었다.

"요 며칠 영 성의가 없잖아. 문자도 계속 씹고, 얼굴 좀 보자니까 튕기지 않나."

"계속은 아니다."

"하여간 씹은 것 맞잖아."

"미안해."

지난 토요일 오전, 교무실 앞 게시판에 가람이네의 징계가 공지되었다. 전날 징계회의에서 결정되었다는 것이다. 일요일에 윤지와 영화를 보기로 약속이 돼 있었는데 내가 깼다. 뚜렷한 이유를 댈 수는 없지만, 집 밖으로 나가는 것 자체가 싫었다. 윤지에게는 두통이 심하다고 핑계를 댔다.

월요일부터는 사실 문자를 씹기도 했다. 일부러 그런 것은 아니다. 다른 때는 문자가 올 시간쯤이면 핸드폰에 신경을 썼는데, 몇 번 그 시간을 놓친 것이다.

"애들 징계 먹은 것 네 탓이 아니잖아. 너 너무 이러는 것 아니니?"

윤지는 오늘 내가 청소 시간에 학교에서 나온 것을 알고 있는 것 같았다. 친구인 선아 입을 통해서일 것이다. 선아는 가람이의 여친이다. 사실 윤지를 내게 소개한 사람이 선아다.

지난해 9월, 우리 K고의 축제 때 K여고 학생들이 상당히 몰려왔었다. 물론 K여고의 축제 때 우리가 몰려가는 숫자에는 미치지 못하지만. 두 학교는 우리 도시에 있는 일곱 개의 고등학교 중에서 재단이 같고 담 하나를 사이에 둔 인문계 고등학교다.

그날 가람이의 여친인 선아도 우리 연극반의 공연을 보러 왔다. 1학년 중에서는 가람이와 내가 무대에 올랐는데, 선아와 같이 온 윤지가 나를 찍었다는 것이다.

축제 다음 날인 토요일, 넷이 만나 영화를 보고 수다를 떨었다.

너와 사귀고 싶어^^

집에 들어오자마자 윤지에게서 문자가 날아왔다. 나도 성격이 시원시원하고 웃을 때면 볼에 살짝 보조개가 나타났다 사라지는 윤지와 사귀고 싶었다. 그렇게 해서 우리는 자연스럽게 사귀게 되었다.

바람이 분수대 뒤 장미 넝쿨을 흔들며 불어왔다. 초겨울의 바람이라 싸늘했다. 윤지가 부르르 몸을 떨었다.

"야, 춥다. 들어가야겠다."

"그래, 들어가."

윤지가 벤치에서 일어나며 말했다.

"선아가 그러더라. 오늘 네가 저녁도 안 먹고 그냥 학교에서 나갔다고. 가람이가 오히려 부담을 느낀대."

"그냥 좀 답답해서 나온 거야."

"미안한 일이기는 하지만 일부러 그런 것이 아니잖아. 따지고 보면 네가 미안해할 일도 아니고."

"꼭 미안해서 그런 것은 아니고……"

그렇다. 그건 아닌 것 같다. 나만 빠진 셈이기는 하지만, 단순히 미안함 따위의 감정이 아니다. 논리가 아니라 느낌으로 분명하게 알 수 있다. 내 가슴속에 단단하게 도사리고 있는 놈은 그런 것 따위가 아니다.

"그럼 뭔데?"

속 시원히 대답을 할 수가 없었다. 내 가슴속에 답답하게 뭉쳐 있는 것을 도저히 설명할 수가 없다. 나도 그놈의 정체를 모르고 있으니까.

윤지가 고개를 끄덕이며 오른손을 내밀어 내 왼손을 잡았다. 따뜻했다.

"넌 아팠고, 그래서 어쩔 수 없었을 뿐이야."

나는 고개를 끄덕였다. 윤지의 말은 틀림없는 사실이었다.

'나는 아팠다!'

'그래서 약속을 지키지 못했다!'

'가람이, 진호, 성운이, 희수가 징계를 먹은 것은 나와 아무런 상관이 없어!'

윤지와 헤어져 걸어오면서 나는 마음속으로 외쳐보았다. 가슴을 답답하게 막고 있는 것을 토해내듯이.

하지만 가슴속에 답답하게 도사리고 앉아 있는 덩어리 같은 것은 여전했다.

도대체 이놈의 정체는 무엇일까?

*　　*　　*

"승국아."

교문을 지나 화단 옆 통행로로 들어섰을 때였다. 연극반 지도교사 이석진 선생님이다.

"어깨 펴, 짜샤."

"……"

"그 퍼포먼스는 예술성이 좀 떨어졌다. 아무래도 네 연기가 아쉬웠어."

선생님이 내 어깨를 툭 치고 지나갔다.

연극반 2학년 아이들이 벌인 '운동장 퍼포먼스' 사건이 이 주 정학으로 마무리된 데에는 연극반 지도교사인 이석진 선생님의 역할이 컸다는 소문이다. 처음에 학교 측에서는 권고 전학이나 무기정학과 같은 무거운 징계를 들고 나왔다는 것이다. 권고 전학이란 사실 퇴학이나 마찬가지다. 선생님이 시말서를 제출하며 강력하게 가벼운 징계를 주장해서 일이 그 정도로 끝났다고 했다.

내가 교실로 들어서자 교실 안이 조용해지는 것 같다.

'내가 과민하게 반응하는 것인가?'

모르겠다. 나는 고개를 숙여 아이들의 시선을 비키며 창 쪽 자리로 간다. 여전히 아이들의 끈끈한 시선이 내 몸을 휘감는 것 같다. 창 쪽 자리에 앉아 창밖을 내다본다. 아침 조회가 지나가고 수업이 시작되었다.

1교시 영어. 2교시 세계지리. 3교시 수학. 4교시 근현대사.

한 시간, 한 시간, 한 시간, 한 시간. 점심시간까지 겨우 견뎠다. 마지막 근현대사 시간은 너무 느리게 흘렀다.

근현대사 선생은 사십 대 중반인데 벌써 안경이 다초점 렌즈다. 그는 칠판에 길게 가로로 선을 그은 다음, 그 선을 시일의 흐름에 따라 토막토막 잘라냈다. 눈동자를 내리깔다 보니 고개를 특이하게 비튼 자세가 되었다. 1960년대 초의 삼 년 동안, 달별로 어느 날에 사건이 터지고, 또 사건이 터졌다. 한 시간 동안 그렇게 빠르게 세월이 흘렀다. 마침내 수업이 끝나는 벨이 울렸다. 마치 내가 한 시간 동안 그 삼 년을 달려온 듯 숨이 찼다.

2학년 식사 시간 벨이 울리고 애들이 급식실로 우르르 몰려갔다. 잠시 후 2학년 교실과 복도는 텅 비었다. 나는 교실을 나와 급식실과는 반대 방향인 현관으로 나왔다.

학교 앞 정류장에서 십 분 정도 기다렸을 때 내가 타려는 22번 버스가 왔다. 오십 분 정도 걸리는, 종점이 '솔숲 해수욕장'인 시외버스다. 어제와 달리 이번에는 목적지가 있다. 이 해수욕장이 떠오르지 않았다면 점심시간에 학교 밖으로 나와버리는 일은 아마 생각할 수 없었을 것이다. 아무리 답답하더라도 어제처럼 청소 시간까지 버텼을지 모른다. 교복을 입은 채로 대낮부터 시내를 어슬렁거릴 수는 없으니까.

버스에 올라타자 엷은 갈색의 선글라스를 낀 운전기사가 쓰윽 내 위아래를 훑었다. '대낮에 학생 녀석이 무슨 일로?' 그 정도쯤 해석되는 시선이다. 나는 그 시선을 비켜서 교통카드를 찍고 뒷좌석에 가서 앉았다.

근현대사 시간 삼 년을 달리는 중에 일 년쯤 지났을 때, 갑자기 지난 늦여름에 갔던 이 해수욕장이 떠올랐다. 연극반 모두가 이 박 삼 일 캠핑을 했었다. 초등학교 운동장만 한 작은 백사장과 넓게 펼쳐진 바다가 눈앞에 떠오르자 가슴이 뚫리는 느낌이었다. 남은 이 년이 그렇게 지겨울 수가 없었다. 파도가 밀려와 하얗게 몸을 뒤집는 바다를 생각하자 도저히 오후 수업 시간까지 그대로 교실에 앉아 있을 수가 없었다.

해수욕장은 예상대로 텅 비어 있었다. 말이 해수욕장이지 유명한 피서지와는 거리가 멀다. 지난번 우리가 여름방학이 끝날 때쯤에 왔을 때에도 백사장을 거니는 젊은 커플이 가끔씩 눈에 띌 정도였다. 지금은 겨울이 시작되는 시기인 데다 평일이니까 사람이 있을 리가 없을 터였다. 백사장 한 귀퉁이에 몰려 있는 상점과 식당 민박 집도 그냥 바람 속에 서 있는 빈집처럼 느껴졌다.

나는 핸드폰 전원을 끄고 백사장으로 걸어 내려갔다. 아무 방해도 받지 않고 혼자 생각하고 싶었다. 운동화 아래에서 모래가 사그락사그락 몸을 비비대는 소리가 났다. 바다 쪽에서 불어오는 바람이 온몸을 휘감았다. 목덜미로 파고드는 바람은 차갑고 상쾌했다. 나는 파도가 발 앞까지 밀려오는 모래톱에 가서 바다를 보고 앉았다.

주위를 휘 둘러봤다. 아무도 보이지 않았다. 이상하게도 마음이 편안했다.

'내가 왜 아이들과 선생님들의 시선을 피하고 싶은 거지?'

학교에서 견디기 힘든 것은 사실 그것 때문이다. 사람들의 시선이 싫다.

'왜? 왜지?'

따지고 보면 그럴 이유가 없다. 윤지와 가람이, 그리고 연극반 2학년 애들 모두 나를 탓한 적은 없다. 이석진 선생님은 물론이다. 사실 다른 애들도 그런 시선으로 나를 볼 수는 없을 것이다.

그날 양호실에 가서 눕기 전에 화장실을 다섯 번은 넘게 들락거리고 복도에다 두 번이나 토했으니까. 눈앞이 노랗게 변한 데다 움직이면 설사와 구토가 나올 것 같은 상태에서 운동장에 나갈 수는 없지 않은가. 그것도 전교생 앞에서 퍼포먼스를 벌여야 하는데 말이다. 아무리 약속을 지키려 해도 지킬 수가 없는 상황이었던 것이다.

구월 마지막 주에 있는 학교 축제가 끝나고 그다음 주 목요일, 학생부에서 갑자기 소지품 조사를 벌였었다. '갑자기'라고 했지만 생각해보면 충분히 예상할 수 있는 일이었다. 중간고사가 이 주일도 채 안 남아 있으니까. 더구나 학교 측에서는 축제로 풀어진 분위기를 다잡을 필요가 있다고 판단했을 것이다. 생각해보면 매년 이런 시기에 두발 검사와 소지품 단속 같은 것을 일종의 연례행사처럼 벌여왔었다.

이 소지품 검사에서 가람이가 억울하게 걸렸다. 누가 가람이 가방에 야동 시디를 쑤셔 넣은 것이다. 아무리 자기 것이 아니라고 주장했지만 그게 받아들여질 리가 없었다. 가람이 것이라는 증거도 없지만 아니라는 증거도 없으니까.

그날 밤은 연극반 정기 모임이 있는 날이었다. 연극반 아이들이 공식적으로 야자를 빠질 수 있는 날이었다. 미술실 옆에 붙은 작은 동아리 방에서 여섯 시 삼십 분부터 시작된 정기 모임은, 시작은 다른 때와 별다르지 않았다. 우리 2학년은 다섯이 다 참가했고, 1학년은 아홉 명 중 일곱이 참가했다. 지난주에 있었던 축제 공연을 정리하자는 것이 회의 주제였지만, 사실 특별히 할 이야기는 없었다.

시일이 정해진 공연 준비야 정신없이 할 것이 많지만, 끝난 뒤의 정리야 여유를 갖고 편안하게 할 수 있는 것이니까.

이번 축제에서 우리가 공연한 작품은 연극반 공동 창작이었다. 「사라져버린 '나'」라는 그 작품은, 치열한 입시 경쟁으로 방황하다 학교를 떠나는 인물의 내면에 초점을 맞춘 것이었다. 처음 아이디어는 1학기 중반에 가람이가 냈고 모두가 달라붙어서 뼈대를 만들고 살을 붙인 것이다. 여름방학이 끝나갈 때 그 과정이 마무리되었고, 이후 한 달 동안 연습을 해서 공연을 올렸다. 이석진 선생님은 아이디어 회의 때는 참가를 했지만 대본에는 간섭하지 않았다. 다 된 뒤에 읽어보고는 "꽤 괜찮은데"라는 반응이었고, 축제 때의 반응도 뜨거웠다. 윤지가 전한 말에 따르면 K여고에서도 상당한 호평이 돌았다고 했다.

돌아가면서 자신이 맡은 역할에 대해 이야기하고, 내년 공연 때 보충할 점을 논의하는 정도로 마무리가 되었다. 이제 잡담으로 들어가는 분위기였다. 가람이가 억울하게 걸려서 반성문을 일주일 쓰게 되고 벌점 십 점을 먹었다고 할 때까지만 해도 그저 지나가는 이야기 같았다.

그런데 희수가 나서면서 분위기가 갑자기 변했다.

"정말 이런 식으로 당하고만 있어야 되는 거야?"

평소에도 강경한 편인데 그날의 희수는 다른 때와도 달랐다.

"뭐가 말이야?"

진호가 물었다. 희수가 목소리를 높였다.

"우리도 인격이 있는 인간이다 이거야. 아무리 교사라 해도 이렇게 멋대로 몸을 수색하고 가방을 뒤집고 해도 되느냐 말이야."

"대한민국 고딩이 어디 사람이냐. 그냥 시험 기계, 점수 기계지."

진호가 이죽거리는데 가람이가 정색을 하며 나섰다.

"정말 듣고 보니 그렇다. 내가 억울할 것은 그렇다고 치자. 증거가 없으니까 내가 구운 것이라고 하자 이거야. 하지만 이거 너무하는 것 아니냐. 시도 때도 없이 머리를 밀어대지 않나, 온몸을 뒤지고 가방을 뒤집고 말이야."

방황하는 고교생 역할을 맡은 진호가 고개를 끄덕이며 나섰다.

"이거 정말 이대로 참고 있어서는 안 되는 것 아닌가. 우리도 사람 아니냐고!"

'공연 분위기가 아직 안 빠졌군.'

흥분하는 아이들을 보면서 아마 처음에 나는 그런 생각을 했던 것 같다. 그렇다고 내가 내내 냉정하게 그 상황에서 비껴나 있었다는 것은 아니다. 점점 고조되는 분위기에 따라 나도 심장이 뛰고 울분이 목 아래까지 차올랐으니까.

'도대체 우리가 인간이 아니라면 짐승이냐 물건이냐?'

할 수만 있다면 교장이고 교감이고 학생주임이고 누구든 붙잡고 마구 소리치고 싶었다.

이번에도 가람이가 운동장 퍼포먼스의 아이디어를 냈다. 그 아이디어는 즉각 뜨거운 호응을 받았다. 나도 가람이의 등을 주먹으로 가볍게 치며 호응했다.

“이 일에 1학년은 빼기로 하자.”

잠자코 있던 성운이가 불쑥 나섰다. 그제야 잇대어놓은 타원형 탁자 중 출입문 쪽에 앉아 얼떨떨한 얼굴로 우리를 바라보는 1학년 아이들이 내 눈에도 들어왔다. 다들 동의해서 1학년을 보내고 구체적인 논의를 했다.

“이런 일은 시간 끌면 안 돼. 준비는 간단하니까 오늘 밤 안으로 해서 내일 점심시간 어때?”

희수가 우리 얼굴을 죽 둘러보았고 모두들 고개를 끄덕였다. 물론 나도 마찬가지였다. 그리고 그건 진심이었다. 그 순간 나는, 다음 날 점심시간에 운동장에 나가서 2학년 연극반원들과 함께 퍼포먼스를 벌이기로 결심했던 것이다.

그러나 나는 그렇게 하지 못했다.

다음 날 셋째 시간인 영어 수업이 시작되자마자 설사가 시작되었다. 반복되는 설사. 넷째 시간인 국사 수업 때에는 급히 교실을 나오다가 복도에 토했다. 화장실에 갔다 교실로 들어오다가 또 토했다.

“조승국 양호실로 가. 반장 뭐 하고 있어!”

노처녀 국사 선생이 소리쳤다.

점심시간에도 나는 양호실에 누워 있었다. 고개만 들어도 속이 울렁거리고 허공이 너울너울 춤을 춰서 어쩔 수 없었다.

그렇게 누운 상태에서 하늘로 힘차게 솟구쳐 올라가는 듯한 트럼펫 소리를 들었다. 연극반 동아리실에 있는 것을 꺼내와서 희수가 불기로 했었다. 그것이 신호였다. 어젯밤 약속했던 퍼포먼스가 시작된 것이다.

점심을 끝내고 교실에 있던 아이들은 휘둥그런 눈으로 운동장을 내다보고 우르르 몰려나갈 것이다. 그럼 하얀 전지(全紙)에 그린 가방을 뒤집어쓰고 목만 내민 아이들이 상처투성이로 피를 줄줄 흘릴 것이다. 물론 빨간 물감을 두 손으로 뿌려대는 것이다.

수시로 자행되는 가방 검사로 만신창이가 되는 우리의 자존심과 인격을 시각적으로 표현해보자는 것이 우리 퍼포먼스의 의도였다.

트럼펫 소리와 아이들의 와글와글 넘쳐나는 목소리, 그리고 복도를 우르르 뛰어나가는 교사들의 발소리까지 나는 누워서 듣고 있었다.

네가 없다고 연기하면 결국 흐지부지될 것 같았어. 또 한 사람 없다고 별문제가 되는 것은 아니니까. 아무튼 대성공^^ 잘 쉬어!

그날 밤 가람이가 문자로 찍은 말이었다.

가람이 말대로 퍼포먼스는 대성공이었는지 모르지만, 나를 제외한 2학년 연극반 네 명은 중간고사 이후에 열린 징계회의에서 이주일 정학을 먹고 말았다.

*   *   *

붉게 물든 바다와 하늘이 점차 검은빛을 띠기 시작했다. 오래 찬 바닷바람을 쐰 탓에 두 볼이 얼얼하고 뻣뻣했다. 머릿속은 차갑게 가라앉았지만 가슴은 여전히 답답하게 막힌 것 같았다. 생각하고 생각했지만 가슴속에 도사린 그놈의 정체는 여전히 안개 속에 잠겨 있는 것 같았다. 나는 두 볼을 감싸 쥐고 일어섰다. 백사장을 걸어 나와 소나무 숲 앞 정류장에서 시내로 들어오는 버스를 탔다.

아파트 단지 앞에서 내려 상가의 식당으로 들어갔다. 돌솥 비빔밥을 주문했다. 아침에 콘플레이크에 우유를 부어 먹은 것 말고는 종일 아무것도 먹지 못했다. 뭔가 맵고 짠 것을 먹고 싶었다. 안주머니의 핸드폰을 꺼내 전원을 켰다.

윤지의 전화 한 통과 문자 하나.

또 학교에서 사라졌다며. 전화도 끄고. 어디 있니? 대답해 빨랑!

또, 학교의 번호로 짐작되는 전화 한 통. 아마 담임이 교무실 전화로 건 모양이다.

그리고 엄마의 전화 두 통. 담임의 연락을 받았을 것이다. 담임과 엄마는 서로 잘 안다. 엄마가 잡지사에 있을 때의 친구가 담임과도 친한 친구라고 했다. 1학기 초에 담임이 불러서 엄마에 대해 이런 저런 것을 물어볼 때 알게 되었다. 엄마도 확인해준 사실이다.

"엄마 친구 경혜 아줌마 알지? 경혜하고 네 담임선생님이 대학 동기라더라. 뭐 그렇다고 특별히 의식하고 말 것은 없다. 그냥 하던 대로 하고 살아."

담임과 엄마가 통화를 했다면 내 상황을 엄마도 알게 되었을 것이다. 연극반 퍼포먼스와 내 복통, 그리고 어제 청소 시간과 오늘 낮에 사라진 것까지. 그날 복통으로 양호실에 몇 시간 누워 있었다는 것을 엄마에게는 말하지 않았다.

그냥 혼자 생각 좀 하고 싶어서. 나중에 연락할게.

먼저 윤지에게 문자를 보냈다. 윤지가 지금 꾹꾹 눌러 참고 있는 중이라는 것은 충분히 짐작할 수 있다. 언제 폭발할지 모를 일이다. 문자를 하나 더 보냈다.

조금만 참아주기를... 부탁!

엘리베이터에서 내리면서 시계를 보았다. 일곱 시가 조금 넘은 시각이었다. 번호를 눌러 출입문을 열었다. 예상대로 엄마 작업실의 불까지 다 꺼져 있었다. 이 시간은 엄마가 운동을 하는 시간이다. 단지 앞 시민공원을 한 시간 반 정도에 세 바퀴 도는 것이 엄마의 저녁 운동이다. 하루 종일 집에서 일하는 엄마는 비가 쏟아지면 비옷을 입고 나가더라도 이 운동 시간은 꼭 지킨다.

나는 거실의 불을 켜기 전에 냉장고 문부터 열었다. 비빔밥을 급하게 먹어서인지 목이 말랐다. 냉장고 아래 칸에 아침에 먹고 넣어 둔, 큰 종이 팩에 담긴 우유가 보였다. 우유를 꺼내려고 허리를 숙였다. 낮아지는 시선을 따라 중간 칸 안쪽에 놓인 바나나 송이가 자연스럽게 눈에 들어왔다. 엄마가 낮에 슈퍼를 갔다 온 모양이다. 바나나 송이 옆에는 작은 수박 크기의 멜론도 하나 들어 있었다.

우유를 집어 시선을 올리면서 다시 바나나 송이가 눈에 들어왔을 때였다. 순간, 머릿속을 스치고 지나가는 것이 있었다. 마치 검은 하늘 귀퉁이를 번쩍, 번개가 베어버린 것 같았다.

'우유와 바나나, 그거였다!'

나는, 그 짧은 순간 깨달았다. 순간적으로 어둠을 찢은 번개 아래

모든 것이 환하게 드러나듯이. 아니, 이미 내 마음 저 속에서는 알고 있었는지 모른다. 그렇기에 그런 짧은 순간에 모든 것이 선명하게 드러났을 것이다. 가슴을 그렇게 답답하게 틀어막고 있던 놈의 정체가.

나는 우유를 그 자리에 두고 소파로 와서 털썩 주저앉았다.

'이유 없는 설사와 구토가 아니었다. 내가 스스로 만든 것이다!'

그날 아침 바나나를 세 송이 먹었다.

학교에서 아침 조회가 시작되기 전에 매점으로 달려가 우유를 한 팩 마셨다. 1교시가 끝난 뒤에도 급하게 우유를 한 팩 마셨다.

'오늘 이상하게 목이 마르네.' 우유를 마시면서 그런 생각을 했던 것 같다. 아침에 바나나를 세 송이 먹었다는 생각을 한 기억은 없다. 그런 생각을 하면서 우유를 그렇게 먹을 수는 없다. 그래서는 안 된다. 나는 과일과 우유를 함께 먹으면 심한 배탈이 나니까. 내가 기억할 수 없는 어릴 때부터다.

초등학교 때 몇 번 심하게 고생을 하고 난 후부터, 과일을 먹은 뒤에는 우유를 마시지 않고, 우유를 마신 뒤에는 과일을 먹지 않는다. 그건 내게는 자연스런 습관처럼 굳어진 것이다. 중학교 때 이후로는 그런 배탈이 나서 고생한 기억은 없다. 의식적이건 무의식적이건 그 습관을 잘 지킨 거다.

그런데 그날은 아침에 바나나를 세 송이나 먹고 우유를 두 팩이나 마셔댄 것이다.

'내가 정말 아침에 바나나를 세 송이 먹은 것을 까마득히 잊었을

까? 그리고 우연히 우유를 마셔댔을까?'

나는 천천히 고개를 흔들었다. 이제 실에 꿰어진 것처럼 생각들이 자연스럽게 이어져 나왔다.

'과일과 우유를 함께 먹지 않은 것은 내 몸이 오래 지킨 습관이다. 그런데, 그걸 어긴 것이다. 그러니까…… 사실은…… 내 스스로 복통과 설사를 만들어서 양호실에 누워 있었던 것이다. 왜? 운동장 퍼포먼스를 피하려고.'

'의식적인 것은 아니었어!'

내 안의 목소리가 항변한다.

다른 목소리가 곧 대답하고 만다.

'의식적이 아니었다면, 그것 자체가 너 자신을 속인 거야. 네 몸이 너무나 잘 알고 있는 것을 어겼으니까. 그것이 진실이야!'

두 뺨이 화끈거렸다. 손을 들어 얼굴을 감쌌다. 어떻게 달리 변명할 길이 없었다. 나는 두 발을 끌어올려 소파에서 공처럼 몸을 말았다. 작게 웅크려도 내 몸이 너무 크게 느껴졌다. 그렇게 어둠 속에 숨어 있어도 부끄럽고 부끄러웠다.

번호 키가 작동하는 소리에 이어 출입문이 열렸다.

거실로 들어온 엄마가 불을 켰다.

"아이 깜짝이야! 왜 불을 꺼놓고 있니?"

나는 고개를 들었다. 냉장고를 연 엄마가 페트병에 든 보리차를 꺼냈다. 컵에 보리차를 따라 마신 엄마가 내 얼굴을 보았다.

"무슨 말인가 해야 되지 않니? 어제, 오늘, 뭐가 문제야? 설명 좀 해봐."

나는 입을 열지 않았다. 할 말이 떠오르지 않았다. 물을 한 모금 더 마신 엄마가 말을 이었다.

"네 담임한테서 대강 이야기 들었다. 복통 일으켰다는 말 왜 안 했어? 엄마란 사람은 까맣게 모르고 있었으니. 담임을 통해서야 아는 건 좀 그렇지 않니? 그건 그렇고. 네 부담 어느 정도 이해는 가는데, 좀 심한 것 아니야? 약속 못 지킨 것, 어쩔 수 없었잖아. 네 담임도 그렇게 생각하던데."

내 입에서 불쑥 말이 튀어나왔다.

"어쩔 수 없었던 것 아니야!"

나도 예상하지 못한 강한 목소리였다. 엄마의 눈이 조금 커졌다.

"그게 무슨 말이야? 설사에다 심하게 토하기까지 하고 양호실에 누워 있었다면서 그런 상황에서 어떻게 운동장에 나가?"

내 안에 있는 무언가가 서서히 입을 벌리고 있었다.

"그걸 내가 만든 거거든. 내가 설사하게 만들고 토하게 만들고 양호실에 뻗어 있게 만든 거야. 약속을 못 지키도록. 모든 걸 내가 만든 거야! 더럽고 비겁하게!"

말을 하면서 나는, 내 안에 있는 입, 점점 더 크게 벌어지는 그 입이 비틀어지고 일그러지는 것을 느꼈다. 그 비틀어지고 일그러지는 입은 소리치고 있었다. 누군가를 비난하고 싶다고.

엄마의 눈이 더 크게 열렸다.

"너 그게 무슨 말이야? 네가 모든 걸 만들었다니?"

"그날 아침에 바나나를 세 송이나 먹었어. 학교에 가서 한 시간 간격으로 우유를 두 팩이나 마셨어. 그래서 그렇게 된 거야. 설사하고 토하고 뻗어버리고. 엄마도 잘 알잖아! 그런 식으로 과일 먹고 우유 마시면 어떻게 되는지!"

크게 열린 엄마의 눈이 딱 멈췄다. 반쯤 벌린 입도 그대로 굳어버린 것 같았다.

내 속에 든 것을 토해내듯이 말을 쏟아내면서 나는 깨달았다. 내가 비난하고 싶은 대상은 바로 엄마라는 것을. 캐나다 어디인가에서 살고 있다는, 얼굴도 기억나지 않는 아빠를 비난할 수는 없는 일이었다. 그건 아무것도 보이지 않는 어둠에 대고 주먹질을 하는 것과 마찬가지였다.

아빠와 이혼하고 나를 위해 밤낮 없이 일하는 엄마. 쫓기면 하루 두세 시간도 못 자 부스스한 얼굴로 허리를 두드려대는 엄마. 하루 평균 열 시간도 넘게 컴퓨터 화면을 들여다보느라 사십 대 초반에 벌써 돋보기 안경을 끼는 엄마. 그렇게 일하고도 생활비가 빠듯해 항상 전전긍긍하는 엄마.

나는 엄마를 실망시킬 수 없었다. 그런 엄마를 실망시키는 것은 생각할 수도 없었다. 내가 약속을 지키지 못한 것은, 내 앞을 가로막은 것은 바로 엄마였다.

한번 그런 쪽으로 생각이 쏠리기 시작하자 이제 걷잡을 수가 없었다.

아빠와 재판까지 해서 나를 맡았다는 엄마가 나를 이렇게 만든 것이다. 바나나를 처먹고 우유를 퍼마시고, 비겁하고 뻔뻔하게 양호실에 누워 있게 만든 것이다.

'엄마 때문에!'

눈을 크게 뜨고 입을 벌린 채 나를 내려다보던 엄마가 가라앉은 목소리로 말했다.

"왜 그랬니? 왜?"

이제 내 속의 입이 한껏 열려 목청껏 소리치고 있었다.

"모르겠어, 엄마? 그래서 학교에서 쫓겨나기라도 하면, 무기정학이라도 먹으면, 어떻게 되는 거야? 엄마는 눈에서 실핏줄이 터질 정도로 일을 하고, 나 하난데, 내가 그렇게 되면 엄마는…… 내가 어떻게……"

말을 하다 보니 내 목소리가 물기에 젖고 아래로 처지고 있었다. 눈에서는 눈물이 흘러내렸다.

"아, 씨…… 내가 무얼, 어떻게 할 수 있냐고?"

엄마는 갑자기 얼음물에 담근 손으로 뺨이라도 한 대 세차게 얻어맞은 듯한 표정이 되었다. 마치 온몸이 그대로 굳어버린 것 같았다.

* * *

어젯밤, 내가 내지른 말을 듣고 찬 손으로 뺨을 한 대 얻어맞은

것처럼 한참 동안 서 있던 엄마는, 표정은 그대로인 채 손을 내밀었
다. 응접탁자 위에 있던 물컵을 들어 올렸다. 입에 대고 기울였지만
컵은 비어 있었다. 엄마는 몸을 돌려 냉장고로 갔다. 보리차를 콸콸
따른 엄마가 천천히 한 컵을 다 마셨다. 그리고 아무 말도 하지 않
고 안방 겸 작업실로 들어갔다.

나는 한참 동안 웅크리고 앉아 있다가 슬며시 일어났다. 화장실
로 들어가 소변을 보고 양말을 벗었다. 발과 얼굴을 간단히 씻고 내
방으로 들어왔다. 불도 켜지 않은 상태에서 윗옷을 벗어 의자에 던
지고 침대에 누웠다. 그냥, 아무 생각도 하지 않고 잠 속으로 빠져
들고 싶었다.

그러나 나는 엄마가 내 방문을 두드린 새벽 두 시까지 거의 잠을
잘 수가 없었다.

엄마한테 쏘아댔던 내 말들. 느닷없이 뺨을 얻어맞은 것처럼 굳
어버린 엄마의 얼굴. 아무 말 없이 돌아선 엄마의 등. 내 말이 내
귀를 찔렀고, 엄마의 표정과 모습이 머릿속을 가득 채웠다. 눈을 감
아도 생생하게 떠올랐다. 새우처럼 등을 꼬부리고, 이불을 머리에
뒤집어써도 쉽게 잠이 오지 않았다.

"엄마다."

나는 침대에서 일어나 불을 켜고 침대에 걸터앉았다. 엄마가 들
어왔다. 엄마의 눈은 붉게 충혈이 되어 있었다. 엄마는 의자에 걸쳐
진 내 옷을 책상 위로 치우고 의자에 앉았다.

엄마가 내 눈을 들여다보며 말했다. 하얗게 보풀이 일어난 엄마

의 입술처럼 건조하게 느껴지는 목소리였다.

"생각 많이 해봤다. 승국이 네가 엄마 때문에 그런 선택을 했다면, 그건 정말 내게 충격이다. 네가 나 때문에 마음의 짐이 무겁다는 이야기인데……"

말을 끊고 엄마가 긴 한숨을 쉬었다.

"내가 힘들게 사는 것 같니? 좋아. 여자가 혼자 아이 키우고 사는 것 쉬운 일 아니지. 이 대한민국에서는 더욱 말이야. 하지만 이건 내 선택이다. 다른 사람 좋아서 떠난 것이 네 아빠 선택이라면, 너를 키우기로 한 것은 내 선택이야. 다른 여자가 너를 키우는 것이 용납되지 않았어. 그래서 재판까지 하면서 네 양육권을 얻었어. 왜 네게 묻지 않았냐고 할 수 있겠지. 아빠와 엄마 중 누구와 살 것인지 말이야. 그건 미안하다. 하지만 넌 세 살이었고 네 선택을 물을 수는 없었어. 나는 그렇게 선택을 했고, 지금까지 내 선택에 책임을 지려고 노력해왔어. 내가 힘들게 산다면 그건 내 선택 때문이고 전적으로 내 책임이야. 네가 마음의 짐으로 받아들일 문제는 아니란 말이야."

엄마는 한 마디 한 마디 또박또박 끊어서 말했다. 아마 몇 시간 동안 이런 생각을 곱씹었던 것 같았다.

"그리고 이 말은 꼭 해야겠다. 네 선택은 네 책임이야. 너 스스로 선택했으니 그것에 책임을 져야 해. 엄마가 엄마의 선택에 책임을 지듯이, 너도 네 선택에 책임을 지란 말이야. 내 말 알겠니?"

나는 고개를 끄덕였다. 엄마의 목소리가 조금 낮고 부드러워졌다.

"잠 제대로 못 잤지? 이제 푹 자."

나는 또 고개를 끄덕였다. 엄마에게 대꾸할 말이 생각나지 않았다.

엄마가 나가고 난 뒤 나는 침대에 누웠다. 엄마의 말대로 푹 자고 싶었다. 하지만 점점 머릿속은 더 맑아졌다. 그 맑아진 머릿속에서 엄마의 말이 메아리쳤다.

"너 스스로 선택하고 그것에 책임을 져야 해."

나는 운동장에 나가는 대신 양호실에 누워 있는 것을 선택했다. 그리고 엄마 때문이라고 소리쳤다.

'엄마 때문이라고?'

정말 엄마 때문이었을까?

퍼포먼스를 벌이기로 결정한 연극반 모임이 있던 날 밤, 잠들기 전에 했던 생각들이 두서없이 떠올랐다.

내일 일이 결코 무사하게 지나가지 않을 것이라는 합리적인 판단. 어쩌면 권고 전학이나 무기정학을 맞을지도 모른다는, 눈앞이 캄캄해지는 예상. 권고 전학을 맞아 학교에서 쫓겨나면 인문계는 끝이므로, 정보고 같은 곳으로 전학 가든지 검정고시를 봐야 한다는 불안. 가볍게 한 달 정도 정학을 맞아도 생활부에 기록으로 남고 학기말 고사는 완전히 망칠 것이라는 계산.

우리 연극반은 3학년에 진학하면서 두 그룹으로 나눠진다. 방학 때 서울에 있는 연기학원을 다닌다든지 해서 연극과나 영화과로 진학하려는 아이들과 그냥 일반 학과로 진학하려는 아이들. 나는 연기를 계속할 생각은 없다. 그렇다면 내신을 관리해야 한다. 그런 입장에서 정학을 먹고 기말시험을 망치면 너무 타격이 크다.

결국 그날 나는 퍼포먼스의 결과가, 솔직히 말해 학교의 징계가 두려워서 도망친 것이다. 그래서 친구들과의 약속을 지키지 않은 것이다. 친구들은 약속대로 운동장에 나가서 부당한 처사에 용감하게 항의를 할 때 나는 배를 끌어안고 양호실에 누워 있었던 것이다.

그런 내 계산에 엄마는 없었다. 엄마 걱정을 했을 수도 있다. 하지만 그건 내 행동을 막을 정도로 큰 것이 아니었다. 결국 나 때문에, 나를 위한 계산으로 그런 선택을 했던 것이다. 이제 모든 것은 분명해졌다. 나를 위해 그런 선택을 하고 엄마에게 책임을 떠넘긴 것이다.

'내가 저지른 정말 비겁한 짓은 바로 이것이다!'

이번에는 보이지 않는 찬 손으로 내가 얼굴을 한 대 세차게 얻어맞은 것 같았다.

나는 아침에 엄마 방문을 두드렸다. 잠을 설치면서 생각하고 생각한 끝에 내린 결론이었다. 솔직하게 엄마에게 용서를 구해야 한다는 판단이었다. 이런 상태로 엄마를 대할 수는 없었다.

"왜 더 안 자고?"

하지만 엄마도 깨어 있었던 것 같았다.

나는 준비한 말을 한 마디 한 마디 분명하게 말했다.

"그날 그렇게 한 것, 나를 위해 내가 선택한 것이고, 나 때문에 한 일이야. 내가 징계 먹고 손해 볼까 봐 겁이 나서 도망친 거야.

216

엄마 책임 없어. 미안해 엄마."

엄마가 가만가만 고개를 끄덕였다.

"알았어. 용기를 내줘서 고맙다. 그런데……"

말을 이으려던 엄마가 고개를 흔들고 혼잣말처럼 말했다.

"아니다. 그것도 네가 알아서 판단해주겠지."

나는 내 방으로 와서 의자에 앉았다. 엄마가 하려다 그만둔 말이 무엇인지 나는 짐작할 수 있을 것 같았다. 엄마는 연극반 친구들 이야기를 하려고 했을 것이다. 그 친구들에게도 솔직하게 털어놓고 용서를 구해야 한다는 말을 하고 싶었을 것이다. 엄마 방에 가기 전에 내 마음속으로 정리하고 결심했던 것이기도 하다. 그래야 가슴속에 캄캄하게 도사리고 있던 놈을 완전하게 몰아낼 수 있을 것이다.

그러기 전에 윤지에게도 털어놓아야 한다. 그건 생각만 해도 부끄럽다. 정말 부끄럽다. 그렇지만 어쩔 수 없다. 내가 벌인 일이다. 내가 수습할 수밖에 없다. 이제 감추고 있을 수는 없는 일이다.

그렇게 생각을 정리하고 나자 차라리 마음이 차분하게 가라앉았다.

가람이에게 문자를 보냈다.

내일 열두 시. 학교 앞 피자 집에서 2학년 연극반 모두 만났으면 해. 할 말이 있어. 연락 좀 해줘.

곧 답이 왔다.

무슨 일인지 모르겠지만 오케이. 너 괜히 미안하다고 용돈 다 털지는 마라.

윤지에게 전화를 했다. 오늘은 놀토니까 전화를 받을 수 있을 것이다. 그런데 전원이 꺼져 있어 음성 사서함으로 연결된다는 메시지가 왔다. 그러고 보니 윤지는 놀토 오전에 영어 과외를 받는다. 과외 선생이 깐깐해서 진동도 안 된다고 했던 말이 생각났다.

너 과외 중이지. 나중에 통화하자.

윤지에게도 문자를 보내두고 전원을 껐다. 이제 정말 깊은 잠을 잘 수 있을 것 같다.

잠에서 깼을 때는 밤 여덟 시가 넘은 시간이었다.

일어나자마자 핸드폰 전원을 켰다. 윤지의 전화가 세 통이나 왔다는 표시가 떴다.

윤지 번호를 눌렀다. 전화를 받자마자 윤지가 소리 질렀다.

야, 뭐냐 전화 끄고. 뭐 했어?

잤어.

자?

응.

낮에 무슨 잠을 그렇게 자?

어젯밤에 거의 못 잤거든.

왜?

윤지야 내 말 좀 들어줘.

내 목소리가 다른 때와 다르게 들린 것 같았다. 윤지의 목소리가 착 가라앉았다.

무슨 일인데 그래?

그러니까.

알았어. 들어줄 테니까 해봐.

좀 길어. 사실은……

나는 연극반의 모임부터 시작해서 하나하나 말해나갔다. 윤지는 가끔 숨 쉬는 소리만 보낼 뿐 조용히 내 말을 들었다.

……가람이한테 연락했어. 내일 아이들 모아달라고. 솔직하게 밝힐 거야. 그리고, 네가 다른 애들한테 이 말 듣기 전에, 내가 너한테 이야기하고 싶었어. 너한테도 잘못했어. 내가 비겁한 짓 해놓고 괜히 힘들게 해서. 미안해 용서해줘.

나는 말을 끝냈다. 십 초쯤의 침묵. 그사이로 새털이 바람에 떠는 듯한 윤지의 숨소리. 그리고 윤지의 목소리가 흘러나왔다.

나도 고백할 게 있어.

고백?

응. 네 고백을 듣고 나니까 고백을 하고 싶어졌어.

뭔데?

다시 십 초쯤의 침묵. 조금 더 커진 윤지의 숨소리.

그다음, '찟-'. 마치 고요한 어둠 저쪽에서 날아오는 새소리 같은 것이 흘러나왔다.

들었어?

조금 가라앉은 윤지의 목소리.

뭐야?

이런 바보. 키스!

키스?

몰라 키스? 케이 아이 에스 에스. 키스

‘……!’

우리들의 첫 키스였다.

이런 바보. 키스!

달리는 말이 있다.

그 말은 눈가리개를 하고 있다. 눈가리개는 앞만 보고 질주할 수 있도록 채워진 것이다. 그 말은 목표 지점을 향해 가장 빠르게 효율적으로 달릴 수 있을 것이다. 오직 정면만 보고 달리고 달릴 테니까.

그 말은 직선으로 뻗은 앞길만 볼 수 있다.

양쪽에 펼쳐져 있는 들판과 숲은 볼 수 없다. 물론 하늘도 땅도 볼 수 없다. 따라서 들판에 피어 있는 풀과 꽃, 숲의 나무, 푸른 하늘의 구름을 볼 수 없다. 땅의 뭇 생명도 볼 수 없다. 볼 수 없으니 느낄 수 없고, 생각도 할 수 없다.

'작가의 말'을 쓰려고 할 때, 눈가리개를 한 채 달리는 말에 대한 생각이 자꾸 떠올랐다. 이 '불행한 말'의 이미지에 우리 청소년들의 모습이 겹쳐졌기 때문이다. 지우고 싶지만, 지울 수 없는 뚜렷한 형상으로.

점수와 대입이라는 '절대' 목표를 향해 직선으로 달려야만 하는 모습들. 잠시라도 한눈을 팔 수 없게 집과 학교, 학원에서 온갖 종류의 채찍질을 당하는 모습들. 자신의 삶에서 중요한 문제들에 대하여 보고 느끼고 생각할 틈이나 여유조차 없는, 저 숨 막히는 질주의 모습들.

그래서 우리 청소년들은 의문을 갖는 것도 질문을 하는 것도 쉽지 않다. 우리가 사는 이 세계와 사회가 어떤 성격을 갖고 있는지? 우리가 만나야 하는 사람들과 어떻게 더불어 살아가야 하는지? 자신이 진정으로 원하는 삶이 무엇인지? 그 삶을 위해서 무엇을 해야 하는지?

자연과 인간, 세계와 사회에 대해 의문을 갖고 질문을 하게 될 때 비로소 진정한 배움의 길은 시작되는 것이 아닌가. 이런 질문들이야말로 삶을 풍요롭고 의미 있게 하는 것이 아닌가. 질문을 하지 못하는, 하지 않는 삶은 결국 빈약하게 쪼그라들고 말 것이 아닌가. 그런 점에서 우리 교육의 현실과 청소년들의 모습은 참으로 안타깝고 너무도 가슴 아프다.

소설집에 실린 작품들을 쓰면서 이런 생각을 했다.

'이 소설이 의미 있는 질문이 되었으면 좋겠다고. 우리 청소년들이 좀 발걸음을 멈추고 잠시나마 숨을 고르면서 느끼고 생각하고,

그래서 이런저런 문제들에 의문을 갖고 질문을 하는 작은 계기라도
되면 좋겠다고.'

  그런 작품들이 되었는지 아닌지에 대한 판단은 독자 여러분의 몫
이다. 다만, 작가로서는, 이 소설들이 독자 여러분과 서로 마주 보
기를 바랄 뿐이다.

  이 소설집이 나오기까지 적절한 조언을 주신 최시한 교수님께 감
사드리고, 꼼꼼하게 원고를 다듬어준 문지 편집부에게도 고마움을
전한다.

2011년 여름에 배봉기